西边太阳东边月

张青山 著

YUANFANG 远方出版社

图书在版编目（CIP）数据

西边太阳东边月 / 张青山著. -- 呼和浩特 : 远方出版社，2023.1

ISBN 978-7-5555-1790-0

Ⅰ. ①西… Ⅱ. ①张… Ⅲ. ①诗集－中国－当代 Ⅳ. ①I227

中国版本图书馆 CIP 数据核字(2022)第 248786 号

西边太阳东边月
XIBIAN TAIYANG DONGBIAN YUE

著　　者　张青山
责任编辑　于丽慧　蒙丽芳
装帧设计　青年作家网
出版发行　远方出版社
社　　址　呼和浩特市乌兰察布东路 666 号　邮编 010010
电　　话　（0471）2236473 总编室　2236460 发行部
经　　销　新华书店
印　　刷　三河市嵩川印刷有限公司
开　　本　710 毫米×1000 毫米　1/16
字　　数　258 千
印　　张　17.75
版　　次　2023 年 1 月第 1 版
印　　次　2023 年 1 月第 1 次印刷
标准书号　ISBN 978-7-5555-1790-0
定　　价　58.00 元

序言：把日子过成诗

认识张青山老师已经有好几年了，他是青年作家网的签约作家，对青年作家网举办的各项文学活动都非常积极，常常在微信群里与大家探讨诗歌创作，有自己独特的诗歌艺术创造力，深受诗友们喜爱。

曾经有一次与张老师见面的好机会，那是2020年12月，青年作家网在河南省三门峡市举行了一场为期三天的文学采风活动，邀请了三十多位签约作家相聚三门峡甘棠苑。大家一起欣赏三门峡天鹅之美，感悟西周召公文化之道。张老师就在报名之列，但非常遗憾的是临行前由于特殊原因，他不得不退了车票取消了行程，使得我与他错失了一次杯酒言欢的机会。从那之后，我对张老师的诗歌创作更加关注。

一、读张老师的诗，会勾起对爱情的回忆

他在《一生有你》中写道："你一袭飘逸的长发/带着温婉的微笑/向我曼妙而来/你芬芳回眸/我心早醉至云天外。"你是否想起与心上人初次见面的场景？

他在《如果月亮代表爱情》中写道："昨夜的梦里/我们走在众花落尽的草原上/边走边聊，边笑边数星星。"每一对情侣都喜欢手牵手说着炙热的情话，不管是走过草原，还是走过海滩，不管是数一颗颗星星，还是数着一朵朵浪花，都是甜蜜，都是那么的令人难忘，那么的令人向往。

他在《我在春天里，等你》中写道："昨夜你在梦里，嫣然一笑/说你早就来过，我茫然无措。"热恋中的男女，哪一个不是魂牵梦萦，思君忆君呢？

张老师的诗，就如一杯咖啡，飘着香味，带着爱情那股浓浓的甜，让人回味无穷。

二、读张老师的诗，能读出一种男儿的潇洒

他在《七律·冬念》中写道："三千尘事从容笑，半亩痴情一念封。"这是对生活的洒脱。就如徐志摩的"挥一挥衣袖，不带走一片云彩"。

他在《七绝·初冬抒怀》中写道："不问前程多险难，莫愁正道几重滩。"这是对未来的乐观，对人生的追求。即使前方千难万阻，也义无反顾，这也是战胜困难的勇气。

他在《醉在浅冬》中写道："一路风尘越险峰，夕阳酒肆与君逢。"让我看到了一种不畏艰险的孤勇，一种江湖侠士的义薄云天，一种与友相逢的兴奋、对酒当歌的豪迈。

张老师的诗，就如一杯烈酒，喝一口，生活就充满了激情。

三、读张老师的诗，能闻到人间烟火的气息

他在《执念》中写道："听雨/从一种癖好/到一种执念/我一直在思考/哪一天我听不见你了/雨，你是否依然会/为我，随风起舞。"雨季最容易让人多愁善感，作者也是如此，有时我们不也是看着窗外的雨出神，思绪飞到某个人、某件事上去了？作者看似在听雨，更是在思人。

他在《夜宿泸沽湖》中写道："黝黑的纳西小伙哼着民歌小调/踏着夕阳长长的影子兴致而归/质朴的摩梭姑娘盛妆而动/热情招呼着从远方赶来的朋友。"此情此景，让人身临其境，宛若置身在夕阳下的泸沽湖边载歌载舞，也不由得让人去回味曾经远游时也同样遇到的难忘瞬间。

他在《享受孤独》中写道："在充满诗情画意的秋雨夜/一卷书，一盏茶，尽享安然/若再点上一支烟/我的世界就充满了灿烂的'烟火'。"人类过着群居生活，但是总是在某一刻，我们又非常喜欢孤独，那一刻，可以让我们的心安静。作者看似在写他自已，更是在写我们每一个人。

张老师的诗，就如一杯清茶，你喝过，我也喝过，融入了生活五味。

在《西边太阳东边月》的字里行间，我们能感受到，张老师把日子写成了诗，把日子过成了诗！借新书出版之际，祝愿张老师在以后的创作中写出更多优秀的诗歌，为中国诗坛带来新的气息！

汪家弘（青年作家网总编）

2023 年 2 月 6 日　北京

目　录

风花雪月篇

古韵流香篇

流金岁月篇

风花雪月篇

如果月亮代表着爱情

秋天躲在我的身后

一转身就不见踪影了

我还有一大把的话没与你说

昨夜的梦里

我们走在众花落尽的草原上

边走边聊，边笑边数星星

我们把过往

以及未来的事物都聊了个遍

唯独没有提及月亮

那可能是我俩心照不宣

故意漏掉的

秘密

再　见

江南烟雨依旧
唯有古巷转角处的青石凳
苦苦陪了他三天
他毅然坐上返程的列车
迎风呼啸的列车是快乐的
而坐在车窗前的人
木讷无言

冬季的深夜

严冬的深夜
世界安静了许多
白昼车水马龙的道路
瞬间变得宽阔

车辆在清醒白醒的路灯下
高速飞驰
车窗外的夜色一片漆黑空洞
我下意识地把手伸向黑夜
一把打捞出夜的脊梁
曾经那样丰盈
如今却变得如此清瘦

我仍怀念皓月如银的夜晚
坐在杨柳依依的河边
半樽小酒
轻风细语到天明

一生有你

你的姣好容颜
曾让多少追风少年
痴痴爱慕
几人读懂
你冰雪的善良
和浪漫的灵魂

春风拂面
你一袭飘逸的长发
带着温婉的微笑
向我曼妙而来
你芬芳回眸
我心早醉至云天外

从此，你偷走了我的心
再未逢，为伊消得人憔悴
今生缘
陌上花开你又缓缓归来
很幸运
与你领略了人间最美的风花雪月

大理风，洱海月

西藏云，新疆雪

那都是我们青春最美的时光

无论在春花秋月里高歌

还是在夏风冬雪里浅吟

那都是我们人生最美的华章

任窗外风急雨骤

任岁月寒冬霜雪

你可知道

一生有你在的风景

才是我世界里最美的光景

一生陪你细品

雨水漫过秋

滴答滴答，又是一夜秋雨凉
思念，从温暖的被窝里醒来
雨水漫过秋，思念漫过溪流

千古爱恋，在古巷的青苔石阶上
静静流淌。诉说着，断肠的离殇
雨水漫过秋，爱恋越过山丘

谁，伏在枫叶上喜极而泣
珍珠泪，镶嵌在深秋的睫毛上
雨水漫过秋，有暗香盈袖

红火的油纸伞，点亮了
痴情的江南水乡石拱桥
雨水漫过秋，月与灯依旧

爱上这温柔又薄情的人间

我喜欢上玫瑰花带刺的部分
迷恋上这个无雪的冬季
沉醉于无白无蓝的天空
习惯了安静而喧嚣的黑夜
爱上了这温柔又薄情的人间
我甚至爱上了我们的错过

此刻，我认知清晰
即便我们从此相忘于江湖
也许只是一个序章

当爱清零，仍希望这个冬天不要太冷

我深信太阳是温柔的
我深信雪花是温暖的
我深信思念是温馨的
虽然我偶尔被这个世界冷漠视之
但我的心依然炙热如初
无论世界如何改变
我如梅花等候雪花的执念
从未更改

阵阵凛冽掠过。我知道
那是你和雪花即将驾临的前奏
一个嫣然的微笑，足以点亮我
余生三冬的梦想

爱情总是稍纵即逝

深夜，隐约听见隔壁
一个男孩在大声呐喊，抓狂
咆哮，正在委屈无助地号啕大哭
而后是一阵阵的泣不成声

好好的一段感情
从甜蜜缱绻到决绝漠然
从欢声笑语到撕心裂肺
爱情，总是给人以转瞬即逝的印象
美好，如昙花，如流星
我仿佛听见了心碎一地的声音

但愿，一切还可以重来
但愿，明年春天的桃花更艳

其实伤口都很美

没有月亮走过的天空
云朵和星星都是黑夜的伤口
没有雪花翩跹的冬天
梅花孤寂地站在枝头黯然神伤
没有你出现的场景
玫瑰的旧伤又开始隐隐作痛

其实伤口都很美
明日清晨我一定要把太阳背上山
再把我一大筐的思念
揉碎成雪花，撒向人间

等你，在冬天的弄堂

在春风得意的繁华里
我们却，走散了

造化弄人啊
在萧瑟静美的深秋里
我仿佛远远看到了你的倩影
洗尽铅华
质朴的石头也会闪亮

我盘腿坐在一朵雪花里
忏悔，冥想
斜阳疏影草木里
等你，在冬天的弄堂

蓝蝴蝶

想着你的美丽，优雅
让我梦回西双版纳的澜沧江边
或大理的蝴蝶泉边

那里是如梦如幻的童话世界
伴着浮想联翩
情愫瞬间产生了蝴蝶效应

清新，雅致，脱俗的浅紫蓝
那是浪漫的梦境
我只能远远地欣赏，静静地守望

在一个春天的清晨
我一觉醒来，惊奇地发现
你羞涩地亭亭玉立在我的窗前

阳光扶着风也溜了进来
你恬静地向我点头微笑
你，依然是梦中的娇娇模样

当你老了

到那时，我记忆依然年轻
特别是关于你
青春的芳华和热烈的故事

我们曾在桃花谷
品咂春光无限的华丽乐章
我们曾在莲塘边
诵读人间四月天的浪漫诗篇
我们曾在红叶沟
与秋风一道描摹江山万里红装
我们曾在大雪夜
红泥炉火旁畅饮风花与雪月

当你老了。我也老了
我们的世界会霎时间安静下来
当最后一片落叶坠下
你并不落寞，我也绝无伤怀
那才是我们该有的从容模样

别让内心的花凋零

面朝秋雨蒙蒙的大山黎明
内心总会泛起一袭惆怅
背对初冬潮涌的大海夕阳
内心会顿时升腾起一股欢愉

心中的雪花
有时也不只于冬天才落下
雪白的梨花
有时也不只于春天才绽放

晶莹的雪花，会在寒风里
苦等，一朵桃花的莅临
傲洁的梅花，会在大雪夜
梦想，忽如一夜春风的到来

别让内心的花凋零
等候，是一颗心生长的迸发
也可能是一种信仰

向逝去的爱情致敬

我究竟还要期待什么
当最后一片落叶坠下
我才幡然醒悟
白玫瑰，黄玫瑰，紫玫瑰
统统不会在我的世界绽放芬芳

这一刻
我仿佛早在心里演练过无数遍
但仍有些许不甘
爱情啊！美不可言
我都还没来得及慢慢细品

举起一杯陈年美酒吧
祝愿我的来生
来生，我就是一朵五颜六色的
浪漫

爱是有痕迹的

爱与不爱
是有痕迹的
深或浅
每一朵云走过天空
每一缕风划过黑夜
都会留下痕迹

我穿过的每一条小巷
蹚过的每一条河流
脚下的石头会记住
月亮不会忘记
我认真走过人间每一程风雨
不知哪一程才刻骨铭心

请石头和月亮
过了今夜
把我遗忘

爱情没有方程式

太阳与白云的亲近，蓝天作证
月亮与白云的暧昧，黑夜明了
风，后来对白云的浪漫表白
却被嘲笑为不靠谱的痴言疯语

某天，白云随风而去
太阳，月亮，天空，黑夜
才幡然醒悟，原来
白云的情怀是诗和远方

莲花，并没留恋蜻蜓的穷追
而是深深爱着脚下的淤泥
桃花，并没被蜜蜂的甜言蛊惑
而是直奔质朴的大地

又是一年花开时
曾经，谁为谁乱了方寸伤了心
而今，谁又是谁的谁谁谁

白莲花

你静静地开在我幽幽的心口
我却不敢对你说半句
肉麻的情话

怕世俗的语言玷污了你的圣洁
无数次冲动地想摘你一片花瓣
想把你来永久收藏
又怕你在撕心裂肺中离我而去

我只能在无月的夜晚
偷偷地远远地看上你一眼
然后迅速闭目入梦
期待能在梦里邂逅一次

小心翼翼亲吻你冰清玉洁的灵魂
那可能是我今生最大的
奢望

蓝色的大海住着白云

白云转身奔赴大海
大海激动地掀起惊涛骇浪
将其深拥入怀
终不负，日日夜夜的仰望

失去白云点缀的天空
只剩下一片空洞寂寞的蓝
蓝色的天空转眼乌云密布
一场大雨坠落大海
天空在忏悔当初的倔强
和含蓄地提示着他的存在
盼着哪天白云会回来

蓝色的大海住着白云
白云坐在最深的海底发呆
没能感受到这份期盼
天空远远地望着浩瀚的大海
几多无奈

七夕，我攥了一大把的星辰

月光如洗
突生幻境，今夕是何夕
古老的神话
修复了我濒临破碎的信仰
几分凄美，几分浪漫

时空越过千年，玫瑰永远年轻
无关风月年华
驻在心中的那抹芬芳，牵念
如七月的莲花，肆无忌惮地怒放

我攥了一大把的星辰
去点亮今夜的银河
星子筑桥，天堑变通途
牛郎织女从此朝朝暮暮

芦苇湖畔笛声荡

思念的翅膀

越过禁锢的栅栏

与白云徜徉在爱恋的天空

秋水长空，芦苇湖畔

是谁？在水一方

白鹭，在橙红的霞光里

结对飞翔，或浅水嬉戏

清凉的湖水泛出一圈又一圈

弧形的粼粼波光

湖岸一大片风华的芦苇荡

早熟的几枝已开始抽絮

在晚风中飞扬

一笛清音起

诉说着千年的断肠离殇

偶尔，我怎么还会有心痛

蜜蜂对花蕊的甜言蜜语
花蕊从未往心里去

海澜对礁石那么温柔
礁石却伤得千疮百孔

每一朵桃花的绽放
都为之拊掌而笑

看每一片秋叶曼妙起舞
他们都会坦然接受生命的最后荣光

我早已心若石头，为何
在梦里偶尔还会有心痛

七月，听说桃花又开了

这是荷花傲娇的季节
昨夜梦里
听说桃花又开了
我含泪久久伫立在窗前
不知所措

错过了春天
是我今生最大的过错
与桃花无关
当春天和桃花折返
向我滚滚奔赴而来时
我像童话里幸福的王子
在美丽的城堡
弹奏着最浪漫的舞曲
准备与桃花来一场倾城的
世纪之恋

我小心翼翼地扶着梦
生怕一枚针掉在地上
惊醒了梦

日子，是一捧花的种子

春风又起时
我把心中最美的期待
种在蔚蓝的天空
等夜临
那满天闪亮的星辰
是花的种子开满天空的锦绣

我静坐在
故乡种满栀子花的篱笆墙下
细品一杯
沁人心脾的茉莉花茶
凝望流星雨肆意地划破苍穹
每一个曼妙的风姿

都代表着一个我对你的
小小祝愿

俯瞰天空

我在清澈的江湖里打捞
你眼眸里的那抹纯真的蓝
和那一缕浪漫的白

曾经是虚妄的仰望
此刻是真实的俯瞰
为什么我心里仍然虚无？

把思念种在天空
夜晚是繁星满天
把思念安放在江湖
必定是沧海横流

我来时，你恰巧也在

每次我来时
你总说我恰巧也在
时间久了
我开始怀疑
难道我每次来的时间都那么巧

后来我才明白
人世间有一种沉甸甸的真情
叫“我恰巧也在”

在人间

有没有一种人
受宠万千
自己却浑然不知
有没有一种情
真真切切
却注定难成正果

人间充满幽默
鱼爱上了猫
羊爱上了狼

在人间
我用尽前世今生来世的豪情
去爱一个
毫不相干的人

你说，我疯了没

我在等春天，也在等你

秋风横扫下的最后一片枯叶
徘徊在风里
拥着浓浓的缱绻，等你

当第一朵洁白的六棱花坠落
梅枝下，我怅然若失
失落间，仿佛看见你缓缓走来

料峭春风里，我仍坐在原地
在深夜舔舐重创的伤口
剧烈疼痛中，迷糊入梦

梦里，我仍在雪花纷飞的路口
等着春天

只想与春风，浪迹天涯

如针尖的春雨
并没有淋湿我的眼泪
穿过桃林的风
并没有掀开我的笑容
静坐在微亮的黎明
不悲不喜

站在时光的缝隙里
深省过往，冥想将来
今生最大的遭遇
就是遇见你
没有陪夜，按时入睡
没有陪太阳准时醒来

明天起，要遵从自己的心意
日出而作，月下读诗
倦了，就去远方的远方流浪
煮茶，温酒，写诗
蓝天白云下，打马飞奔过草原
只想与春风，浪迹天涯

我在春天里，等你

风一路吹
这是春天里最后一朵桃花
我盘腿坐在花瓣上
沮丧，颓废，这些都源自约定

风来时，杏花、桃花或是酒
都已经和大地融合为一体
遗忘，是一场可怕的交易

心空空地在桃花岛流浪
念着随缘，却不敢把你来遗忘
只听见，风在山谷里呜咽

昨夜你在梦里，嫣然一笑
说你早就来过，我茫然无措

我在梦里努力翻找
那朵正在盛开的桃花
倘若盛开，那便是你来时的模样
多么渴望自己变成一朵桃花

你有酒吗？我有故事

我的茶已过三巡
早就索然无味
快续上一杯
你亲酿的桃花酒吧
戳一下我木讷的灵魂
我有讲不完的
关于桃花的美丽故事

对一般人
我真不愿意
多费口舌

对你
我还可以破例
为你写诗

相信你，一定能看见

当，酒恋上了唇
香烟恋上了指尖
一如我恋上了你

文字是我帐下的千军万马
我却爱兵如子
惜字若金

我把最美的文字
不露声色，收藏心底
生怕别人看见

相信你，一定能看见

明天，我又要去远行

好久都没有如此亲近

把浓烈的情绪
煮进一壶清茶
把浅浅的微笑
盛入一杯烈酒
一份好情感
无须华丽的言语去装扮

我越来越沉默少语
只想静静去记住
你对我的每一次凝望
看似轻描淡写

陌上春光灿烂，繁华依然
独自闭目背靠桃树坐下
吮吸着你的氤氲花香
和泥土的芬芳，潸然泪下

明天，我又要去远行

背　影

任世事沧海桑田
任岁月把记忆风干
有一个背影
深深烙印在我心底

疼痛的诗句，不是谁都能懂
爱，伏在思念的伤口
整夜无眠。如失眠的星星
对月亮的忠诚厮守

时常深夜掀窗
久久凝望，信仰
月亮的背影里
一定隐藏着你的背影

星星的每一次眨眼
代表我对你的每一次思念
每一颗流星的坠落
代表我对你的每一次心痛

若某一天你看到了流星雨

那可能是

我正在告别这个世界的

背影

有你的季节，最美

泡一壶明前茶，慢慢溢出
沁人心脾的芬芳

我卧在挂满阳光的桃树下
反刍着风雪夜里炉火的温存

红叶飘飘，站在盛满桂花酒的杯旁
幽幽荷香，惊扰了午梦的酣甜

你素妆站在原地，羞红了
桃花、荷花、桂花、梅花

有你的季节
花，默不作声

我读不懂你眼中的月亮

在你一泓清澈的眼眸里
再也难以找到关于我的任何信息
很久以前，我很悲伤
而今，我坦然得无动于衷

不是你故意的高冷
也不是我不够优秀
也许我们前世今生
了无恩怨，互不相欠

沿着风逃跑的方向
在梦里凝望你，盛开着的每一个眼神
我已痴傻，你眼中的月亮
再也无须读懂

最美的期待

从入冬，我就坐在那棵老桃树下
假装煮茶、温酒、写诗

风，不解其意，匆匆路过
等到漫天飞雪、梅笑琼枝
我仍埋头诵读关于桃花的诗篇

后来，全世界都明白了
我那一点点卑微的小心思
心若磐石，静默翘盼
任由流言蜚语填满全世界

只因，我深信
我们之间，惊鸿一瞥
仅隔着一场雪的距离

忘不了，那一窗白月光

把滚烫的太阳
描摹成一弯冷静的月亮
挂在窗前
看着渐行渐远的背影
噙着泪遗忘
遗忘，那一泓蚀骨危情的殇

把所有的不甘，心痛
所有的抑郁，苦涩
所有关于风花雪月的记忆
都晾晒在门前那棵
被冻僵的桃花树梢上

腊月的风，道不尽的寒凉
曾经的激情与梦想
早在大雪纷飞的夜里被冷藏
灵魂无处安放，孤独在流浪
再也梦不见灯塔的方向

忘不了，那一窗白月光

带着梅香的念想，浪迹远方

待陌上花开，等溪流潺潺

天空飞翔的那一行新燕

是我爱你的诗行

种下一夜霜花，白了头的誓言

四季轮回，饮尽霜雪
更深露重，手握着那一抹隔世的梅香
铁马冰河踏着漫天风雪而至
只为那句曾经的铮铮诺言

谁在寂寞里种下一夜霜花
流年情话，是最蛊惑人心的谎话
我仍坐在红尘深处，静静
痴等着那句可共白头的誓言

思念早已斑驳，一袭暗香盈袖
凝望踏雪寻梅处的飞花永恒
一场倾城大雪，醉了一世秋霜
只想在梅雪间，来一场恍若隔世的相望

霜已降，雪已落，梅已开
我伫立在缘分的渡口
等你来渡似水流年，直抵阳光彼岸
即使暮雪千山，也要护你一世安暖

我依然爱着，有你的人间

人生这场旅途
风一程，雨一程
哪一程都充满泥泞和悬疑
有些尘缘注定无法更改

我们都是被生活推搡着
匆匆赶路的人
是谁弄丢了温润的初心
还有曾经美丽的誓言

一泓清澈的眼眸
为何如今变得如此浑浊
一颗光亮的灵魂
为何蒙上了厚厚的灰尘

等今夜一场大雪飘满乾坤
待明日绚丽朝霞铺满天际
让冰洁的雪花洗净铅华
让炙热的晚风焐热苍凉

从此，四季花开

香满小巷

天使般甜美的微笑，嵌满眼眸

我依然爱着，有你的人间

陌上花开，我在春天里等你

行走在字里行间
仰望梦中的星辰大海
踏过人生的冰天雪地
春风从冬眠中醒来
溪水已开始在山涧欢腾
仿佛已经看到山岗桃花灼灼

新燕在田园啄泥
筑一个美好的未来
柳条抽出新绿
油菜花已将金黄铺满原野
鸭鹅在江湖里疏翅嬉闹
一场春雨在云间孕育

陌上花已开
却迟迟未见熟悉的倩影
是在忙着沏春茶
还是在酝酿一壶新酒
欲迎一个风尘仆仆归来的浪子
共诉这人间的一世沧桑

游柳江古镇

从都市逃到偏远小镇
梦游在这曾经繁华的千年古街
穿越时光的隧道，我仿佛能看见
青石巷里的灯火如昼，人声鼎沸
世俗男女追逐中的狂浪欢笑
惊扰了吊角楼上的一场清梦

精致雕琢的木格窗棂
彰显着古老的高贵与人文的厚重
你深情凝望着这一份静美
眸子里溢出了浅浅的清欢

被喧嚣的红尘遗忘在这里
陪你厮守
这一方青山的烟雨
这一湾潺潺的清流
这千年古巷的沉静

在孤独的梦里，等你一世

我站在人潮人海之巅
静等数年
仍等不见你的影子

我在浑浑噩噩的人间
不停地辛勤劳作
在屋后不大的菜园里种下
土豆、番茄、青菜、蒜苗
还有你最喜欢的菊花
空留出的一小块地
不知该种啥
后来，种下了思念

我还在门前的桂花树下
亲手为你窖藏了几大缸洌酒
任思念的藤蔓爬满生命的花架
我时常坐在黄昏怀里与夕阳唠叨

在一个风雪交加的深夜
我独坐在即将熄灭的炉火旁

深沉地睡去，梦里

你扛着一大筐木炭闯入

炉火再一次点亮，酒壶架上炉

说：好久不见，好好喝一场

我们对酒当歌，诉衷肠

流浪在寒雨夜的街头

寒雨夜的街头，谁又在梦游
梧桐树呆立在雨中瑟瑟颤抖
冰冷的风，吹凉了火红的记忆

诗笺上残留的每一个温暖如蜜的文字
似乎正响亮地嘲笑着如今的一地鸡毛
铿锵的脚步狠狠压过枯叶而去

雨后的彩虹在夕阳里分外妖娆
一股暖流紧紧焐着即可冰裂的心房
缄默行走，从此只字不提过往

思念漫过秋

秋风掠过
瘦了河流，小了山川
肥了寂寥，浓了思念

浓浓的思念，撩红了
娇羞的枫叶枝丫
思念漫过秋，漫过天际
漫过时光的浩瀚苍穹

穿过湿漉漉的古巷，是谁
仍伫立在爱情的码头
守候着那年秋天的誓言
坐在油纸伞下斑驳的石阶上
诉说凄美的离殇

思念漫过秋，渗过大地的冰凉
吊打着人间虚妄的诺言
谁愿化成望断天涯的那一方青石
误了今生，最美芳华

古韵流香篇

五绝·寒夜寄语

冷雨凄风夜，
孤灯逐梦人。
情殇花月事，
莫去忆红尘。

初冬遐思（平水韵）

冬夜沉思似梦游，
人生一世草木秋。
繁花已逝山河恋，
浩气长存天地幽。
欲把诗情寄远方，
奈何风雪阻轻舟。
人间苦乐多少事，
冽酒千觞饮尽愁。

七绝·宅家品茶（中华新韵）

五月骄阳心难静，
半壶普洱润心扉。
红尘万丈泊然过，
伟业千秋茶一杯。

七绝·清明蓉城怀乡

梨花曼舞雨清明，

蛰伏蓉城度半生。

一曲轻音牵往事，

三樽诗酒听莺鸣。

立　夏

叶茂枝繁白昼长，
夏荷亭立水中央。
风柔水静浮云动，
半垛蔷薇满院香。

贺侄儿婚礼

一对鸳鸯花海游，
两情誓约共白头。
良辰好景西窗烛，
锦绣前程笑风流。

七律·老友小聚（新韵）

节气交替浮冷暖，
宅家小恙养清闲。
绵绵春雨平心乱，
阵阵铃音电话烦。
一盏素茶聊过往，
几轮对弈笑霜颜。
美鲜牛肉呈佳酿，
畅饮人生百态间。

五绝·送春（平水韵）

春雨风干处，

桃花落尽时。

再不伤往事，

杯酒赋新词。

七绝·贺青年作家网年会（平水韵）

豪杰齐吟青作网，
文坛美誉大风扬。
激情耕种不卑亢，
蛰伏春秋耀光芒。

五律·吟雪（平水韵）

鹅发飞豪迈，
梨花惹众芳。
九天降吉瑞，
人间画银妆。
炉火温佳酿，
茅窗读宋唐。
待将春色暖，
对饮酒千觞。

七律·冬念（平水韵）

瑟瑟秋风桂酒浓，
绚丽未赏已临冬。
三千尘事从容笑，
半亩痴情一念封。
人世几回伤往事，
红尘多少有缘逢。
今生纵有豪情志，
无奈霜风改旧容。

七绝·梅花恋（平水韵）

落红入泥万山枯，
雁字南飞大漠孤。
洁白梨花曼妙舞，
冬梅怒放俏眉苏。

观古装仕女图（七绝二首）

（一）

梦里依稀亲所见，
诗书戏院几回闻。
浮香水袖翩然舞，
玉榭枫亭不见君。

（二）

出水芙蓉无娇艳，
古妆素雅衬清新。
醉翻四月人间景，
苦却红尘相思人。

七绝·初冬抒怀

又是一年萧瑟起，
叶枯川瘦夜风寒。
秋光吹老红尘客，
细雨轻敲世间倌。
不问前程多险难，
莫愁正道几重滩。
待时霜雪漫窗舞，
高举杯觞尽薄欢。

七绝·露珠赞

串串珍珠凝碧玉，
扮装花叶美如诗。
待冬瑞雪漫天舞，
冰蕊婷婷更耀枝。

七绝·打马观雪

吾欲天山来打马，
目观万里玉瓷城。
雄姿仗剑凭风雪，
心气悠然面陋生。

七律·小雪抒怀

红黄秋韵掩心头，
小雪萧萧舞风楼。
如黛群山云雾漫，
临冰江水浪人愁。
欲乘白马驰邛海，
忽见潜龙耀五洲。
老骥立峰千里志，
自强不息道天酬。

七绝·迎着寒雨奔跑

雨寒窗打舞严冬，
舟马游人行色浓。
美好岂能凭空有，
半生起伏笑从容。

醉在浅冬

一路风尘越险峰，
夕阳酒肆与君逢。
炊烟袅袅深秋晚，
桂酒菊花醉浅冬。

七绝·银杏赞

冬日金阳赛凤麟，
缤纷银杏醉行人。
皆言霜冷平无味，
颦笑之间美陌尘。

白露抒怀

雁群东南飞，
游子拂尘行。
玉露凉今宵，
琼浆醉边城。
姊妹各离散，
父子自顾影。
待到秋霜尽，
齐聚最风景。

桃花酿

三月桃花酿，
霜降浅桂香。
不言身外事，
豪气酒中藏。

垂　钓

寒露遇骄阳，
垂钓野堰旁。
三分钓闲情，
七分思过往。

立　冬

寒露恋秋柔，
初冬别夏愁。
春风千里笑，
雪白上西楼。

玉门关怀古

残阳如血西风烈，
古老雄关幼雁越。
遍地黄花争末艳，
铮铮怒放为谁悦？

立秋（二首）

(一)

风吹一片叶，
万物惊秋香。
秋雨滴滴凉，
凉凉夜未央。

(二)

还忆春雷夜，
梦呓酒未酣。
待到银妆暮，
倚窗对饮欢。

水调歌头·雨水漫过秋

雨水漫过秋，未见苍穹寒。那年相逢时节，白霜掩阶沿。如今时过境迁，早已物是人非，无语弹七弦。举樽对明月，微醺似神仙。

思前世，念今生，问苍天。拂去恨怨，哪有情愫不缠绵？草有四季忧欢，天有风云不测，无常谁能诠？旧愁似云烟，豪情漫诗笺。

雨霖铃·北国初雪

北国初雪，夕阳疏斜，听西风烈。陋室闭关烦绪，念乌骓，一骑绝尘。犹记经年冬月，雅赏梅伏雪。心飞扬，漫天梨花，欢动山川黄河绝。

痴情不寿悲泣血，从今凉寒再无心结，举酒千盏万觞，暮色笑看杯中月。往后余生，良辰好景慢慢品阅。蕴藏温良与诗韵，再好也不屑。

清平乐·寒露朝晖

寒露朝晖，归雁齐结队。枯叶流尽珍珠泪，北国草木玉佩。

酒煨土鸡炉火，烟雨黄昏愁坠。欲把疏狂图醉，乱扯白云揉碎。

醉花阴·立冬梦雪

白露为霜夜未央，愁雾锁锦江。他乡逢故知，把酒欢颜，夜半醉梦香。梨花还未飘山岗，却梦回雪乡。谁道不销魂，冰清玉洁，美四海八荒。

唐多令·芦苇满江洲

芦苇满江洲，严冬雾霾愁。几十载重过廊楼。柳下信步意犹尽，不几日，又春秋。

鸿雁断浣溪，伊人今在否？叶黄花残锁新愁。欲饮昔日欢情酒，终不似，故梦游。

谁问衣添粥可暖

叹半生　浮萍风烟
清泪滚烫流心间
两相望　同凝冷月
寒雨敲窗酒作欢

念余生　潇潇霜雪
谁问衣添粥可暖
炊烟袅　夕阳斜影
红霞起舞与谁牵

一剪梅·初冬

丹桂香消星辰寒。才弃薄衫，却裹舒棉。又是一载暮雪晚，候鸟南归，一夜无眠。

春风来年勿提前。心中有暖，何惧冬寒。此情此景奈若何，半樽小酒，笑看雪残。

唐多令·朝晖洒沙洲

朝晖洒沙洲，薄雾漫清忧。数春秋再上江楼。杨柳笛声声声慢，弹指间，又几秋。

鸿雁东南飞，君卿今何方？冬去春来似水流。他日同饮春风酒，必将是，似梦游。

流金岁月篇

路过街边的梧桐树

记忆里
你还是春光里矜持的少女
春风里
你亭亭玉立于蓝天白云间
娇翠欲滴，阳光向上

转眼
你已垂垂暮年
早已烦躁了声嘶力竭的蝉鸣
只想乘飒爽的秋风
静静归去

好久不见
我深深地凝望着你
你疲惫的眼眶泛起一片潮红
初见正华年
再遇已是深秋

半夏的夜

入伏，空气的热度迅速攀升
我蜗居在钢筋水泥的洞穴里
空间很小，只能容纳我一人
和散落一地的诗笺

冰啤、空调是快乐的源泉
午夜，随着蝉鸣的消退
夜，抽出最后一丝清凉
抚慰着，烘焙了一天的灵魂

曾经翘首以盼的黎明
如今，像过了蜜月期的恋人
除了刺目的光亮
全是炭火和孜然的味道

我想迅速逃离
去与北极熊做邻居
它帮我觅食
我给它写它最喜爱的浪漫诗篇

五月的山村

老牛，犁铧和大叔刚离开
一方平整好的水田
那就是秧苗明天的婚床

五月的山村，特别宁静
五月的夕阳，如年轻的新郎
激情满满，提前点燃平静的水面

呱呱呱，青蛙兴奋地开始试嗓
娇娇的秧苗将是他最美的新娘

有青蛙欢歌相伴，阳光雨露呵护
秧苗的青春韶华，随风飞扬

在金色的夕阳下，我仿佛已看见
一列列黄金方阵在田园里英姿飒爽

那是农家入冬前最踏实的喜悦时光

假若你能做我的新娘

假若你能做我的新娘
我要用三月的梨花
请顶级的设计师
给你缝制世界上最时尚的婚纱
袖口缀上青花的刺绣

我要用二月的白玉兰做晚礼服
让你显得更加高雅、温婉、大气
我要用洛阳的牡丹做凤冠
让你成为万众瞩目的明珠
手持用三生绘制的桃花扇

你踏着四月荷花铺成的七彩祥云
翩翩而至，十里红装，十里春风
漫天花影尽销魂，花香氤氲浸绸缎
愿为你续写百年缱绻诗篇
成就天上人间的倾城之恋

当太阳把青春献给雪山

太阳把最黄金的青春
献给了远方的雪山
雪山没有辜负
瞬间金光闪闪、光芒万丈
需要多少次的沉默和修炼
才能等到此刻的绚丽绽放

青山在沉默
草原在沉默
我陷入深度的沉思
真若某一刻，太阳也把
最美的青春献给我
我该以何种模样呈现
来回馈太阳的一世深情

夏日之心

滚烫的太阳从山那边来
一头狮子，也从山那边走来
在这辽阔的热带丛林
在这雄伟的群山之巅
它，若思想家一样孤傲屹立
用深邃的目光
审视着这个虚实的红尘
王者呼吸，搅动了
烈焰飘飘的夏日之心

梅雪之恋

记不清，谁先开口约的谁
千年梅，万年雪
好像都没有文字和语言的天赋

临冬，只要天欲冷
不是你等着我，就是我盼着你
风不解，匆匆路过

谁说，谁先认真谁就输了
反正，梅选择交出灵魂的暗香
在一个无关风月的夜晚

雪孕育了一冬
忍不住了，撕裂乌云
纷飞而下，以赴约之名

谁逊三分白，谁输一段香
雪伏着梅，梅拥着雪
诠释着一段天上人间的爱情佳话

听　春

头枕蓝天白云
身卧大地田园
取一瓢天山泉水
采几瓣峨眉嫩芽
烹一壶新茶

燕飞杨柳闹
人倚桃李笑
三五老友
咂一口素茶
听春
弹奏光阴的故事

鸟儿，也是有故乡的

故乡，午夜的魂牵梦萦
回一次，伤一次

熟识的面孔，越来越少
迎来的，全是陌生

老宅门前的树丫上
两只不认识我的鸟儿
背对我，说着缠绵情话

好像这里
只属于，它们的故乡

噙泪祝福
愿鸟儿的故乡
不要在梦里变换了
曾经的模样

迟到的上海之行

她多年的夙愿
终于在这个中秋时节
得以圆满兑现
泪光闪烁的瞬间
她豪爽地一饮而尽
我端着满满一杯的愧疚
傻傻发呆

类似的愧疚，苦痛和无奈
我好像不止一次地
深切体会过……
如这杯中的红酒，苦涩又甘甜
又正如今夜的暴风骤雨
用力地叙说着

我们曾经的沧桑过往

执　念

没有太阳燃烧的天空
特别寒冷
没有月亮抚慰的黑夜
无比孤寂
我从簌簌的夜雨中
醒来，睡意全无
打开书，一遍遍复习着
那久远的温存

我是与雨最亲近的
无关昼夜冷暖
无关大雨滂沱
无论春秋冬夏
无论咫尺天涯
无论你在何时转身
我都，一直在

听雨
从一种癖好
到一种执念

我一直在思考

哪一天我听不见你了

雨，你是否依然会

为我，随风起舞

酿得桂花酒，把酒竞风流

我要觅一位陶工老师傅
烧一个四川盆地大小的酒缸
收集全城上品的桂花
萃取竹尖晨露
然后用黏土密封，洞藏
让时光慢慢发酵、久久酝酿

煮一壶老茶，清心静等
汲取春秋雨露日月精华十载
一坛老酒，香漫苍穹
惹恼燕人张翼德
羡煞饮中八大仙

摆上百日长桌宴
邀四海酒朋诗友
你吟一首诗，我弹一支曲
我曼一曲舞，你描一幅画
管弦共鸣笙歌起
齐举酒觞竞风流

察尔汗盐湖

蓝天，白云之下
那一片翠绿色的海
是嫦娥留在人间的一滴清泪

泪，越千年，卷起千堆雪
每一粒细沙
都代表天上人间的每一个守望

任风，吹拂千年
亘古不变的
是那颗晶莹剔透的翡翠心

错位的人生

山用一腔热血默默守护着水
水却跨越千山把一世柔情给了大海

大海心潮澎湃地仰慕着蓝天
蓝天却情有独钟于若即若离的白云

白云饱念深情，想拥抱雨三生三世
雨却移情别恋，随风而去

风，向往着山的伟岸
山却把一腔热血倾尽于水……

夜宿泸沽湖

大家围坐在波光粼粼的夕阳里
红黄蓝在微笑的湖面随波跳跃

水天一色、江山如画
引一对对情侣欣喜尖叫
咔嚓咔嚓，疯狂摁下快门
为未来枯寂的岁月储藏回忆

黝黑的纳西小伙哼着民歌小调
踏着夕阳长长的影子兴致而归
质朴的摩梭姑娘盛妆而动
热情招呼着从远方赶来的朋友

美酒早已溢满每个欢喜的心坎
夜已深沉，月光点亮星辰
几位酒兴正浓的男子
还在隔壁阳台聊着光阴的故事

头枕着泸沽湖微风起伏的波涛
让浓浓醉意伴着黑夜迎接晨曦

相忘于江湖，各自安好

梦在晨风薄雾中醒来
睡眼惺忪审视崭新的一天
微弱的阳光抚着窗格而入
献媚地四处传达着，今日无雨

无雨，这是梅雨季节最好的喜讯
我们夺门而出，珍惜这天赐的美好

带着曾经的美丽记忆
漫步在邛海边斑斓的石径
一袭小小秋风从海面掠过
忽然感到了与往昔不一样的冷清

邛海的倩影还是当初迷人的模样
只是随着世事的不断变迁
当年卧在海里的老树，更加佝偻
我额头也被岁月刻下了更多风霜

你陷于方圆三十五公里的邛池
我流离于五百公里外的四海八荒

相忘于江湖，各自安好
这是我们的宿命，挺好挺好

也许我们就此别过
也许多年以后我们还会重逢

飘落的枫叶

秋风，再起
枫叶的心思又一次被撩拨
滚烫的思念随山谷涌来的风
澎湃着，蔓延着

你在这，曾经落英缤纷的古巷
有意无意飘落在风中的
红红火火的记忆
至今，仍刻在斑驳的街角

孤零的枫叶，叹望着枯老的树丫
随忧郁离愁的秋风
心事满满地怅然而去

飘飘，洒洒
转身的姿态其实并没那么潇洒
这世上，唯你的温暖
才能焐热浪迹天涯冰冻的心

生活推搡着命运匆忙赶路

饱经风霜，灵魂依然纯净如初
秋风摇晃了一地牵挂
蒙蒙秋雨捎来一句“想你了”
枫叶，瞬间泪红眼底

鱼凫古街夜色美

犹记那年岁末
寒风伴小雪
华灯初上
初见你
就被你的古韵唯美深深吸引

穿梭这边城小镇已几度春秋
颠沛流离中
我竟忽略了你美丽的存在
还不算迟
我总算遇见了你

红红的灯笼随风起舞
璀璨的霓虹暗送秋波
古筝绕梁人流如织
你夜色中的倩影
楚楚动人

我在你身旁流连忘返
兴奋地偷拍了好几张你的靓照

从此，你住进了我心里

我每到边城必驻

细细地欣赏你

绝世的美

七月心语

烈焰炙烤着世人的良心
良心含羞着不敢出门

我站在七月的山顶
期盼着果香浮动的秋天早早到来

墨水浸染着天边的云朵
一场暴雨涤荡着一颗颗焦灼的心灵

我穿过夸张的白昼
在冷静的子夜收拾好躁动的心

从此，我不再去区隔春夏秋冬的温度
静静走在人间阡陌小径

学会感恩

从来没有想过
去记恨某个人某件事
因为我的爱都还没有用完
欣赏着月亮阴晴圆缺的真诚
如我们的人生
成败苦甜都是最好的安排

是太阳映衬着雪花
雪花才如此闪亮
雪花默默无言地感动着
泪花闪烁

寒冬的雨

寒冬的雨
远比六月的雪更冰凉

曾经机灵活跃的小神兽们
如今都了无踪影

平常看似老态龙钟的我
正踏着酥软的黄金叶

行走在桃花欲笑的路上

我并不是一个怕黑的人

习惯于在阳光下灿烂微笑
每当黑夜来袭时
我内心却又充满另外一种安然
母亲从小就告诉我
说我是在子夜来到人间的

难怪这些年，对黑色
总有一种莫名的亲近感
在我心里早早就种下了一枚
闪闪发光的月亮
充满诗情画意的蓝月亮

若我在半夜依然精神亢奋
那一定是我在翻找诗囊里的文字
执拗地在为月亮写诗
写得好与不好，那并不重要

年　轮

玫瑰花一圈一圈逐次打开
从绽放到凋零
好像也就是一眨眼的工夫

人一生
从幼小到耄耋
仿佛也就是一眨眼的工夫

可今夜的月亮
与那年我们相逢的月亮一样
依然青春闪亮

我们的爱情啊
被岁月的年轮一轮一轮碾压
如大风里流浪的尘埃

早已无影无踪

可以有想象

我的前世
一定是天宫里最自由快活的仙
我不知是哪一根神经
触碰了玉皇大帝私定的天条
才把我发配至人间

否则，我今生也不可能会有
不桀放纵爱自由的习性
众神似乎都在远远地躲着我
我的心可比水都还柔善啊
蚂蚁都主动找我交朋友

我猜想我一定是
路过人间的那半枚雪花
等太阳醒来
她会亲自迎接我再次回到天宫
我又可以做我快活的仙

我真正的快乐

我真正的快乐
不是在春风里赏过多少花
而是在秋月里挽着雪的手
齐眉并肩走过的那段苦涩

哪怕我的粮仓依然空空如也
哪怕众人都觉得我了无生趣

这些，都并不重要
我所能感知到的快乐
无论萧萧秋雨，还是冰雪封山
总有半轮太阳是在朝我微笑

冬日池塘

风不再吹
因为荷塘再没有过往的芳香
我静坐在池塘边
假装钓着我的闲情
那我还能怎样呢

你老了，蜻蜓也走了
只有我经常莫名来到这里
围着池塘转了一圈又一圈
我是在打捞一枚
坠入塘底多年的星子

第一次到巴金文学院

也许，我并没有资格
去造访这种神圣的文学圣地
昨天趁着夜色我还是偷偷去了
受一位文友之邀

烟雨蒙蒙中
我远远就认出了你的名字
青砖碧瓦，亭台小阁
一条小溪缓流其中
皆是一栋栋古色的独体建筑
院内一片静谧

几盏小酒后，我们随性漫谈着
不知不觉就酣然入梦
这一夜，我睡得特别沉静
仿佛，我已经为爱皈依

迎着太阳的心情

蓉城的冬季特别阴冷
几乎整季的天空都是灰蒙蒙的
太阳偶尔列席
会给人一种过年般的幸福感

一大早，太阳就笑嘻嘻地
站在窗前向我点头示好
早就该来陪我出去兜兜风啦

喜欢看太阳开心的样子
她的脸色一阴沉
全世界都跟着一起晦涩不安
我要学会照顾太阳的情绪

迎着光芒，与太阳同行
两旁的银杏依次列队跪拜
我仿佛正在检阅这肃穆的冬天

那一夜的风

那一夜的风，冷
呼呼地吹了一个整夜
我们在风中频繁地来回移动
变换着场景
一会儿顺风，一会儿逆风
口中念念有词
和酒长长地谈了一夜的心

直到夜累了
直到酒醉了，月困了
我们才精神抖擞地睡去
梦里，我依稀能听见
风一直没睡

仿佛还在兴致勃勃地诉说
我们曾经点点滴滴的
悲欢过往

小雪（一）

没有雪的小雪
在南方小城早见惯不惊

雪，本浪漫
小雪，就更加文艺

冬日午后的暖阳下
一书，一茶
学小雪假装一回斯文

此情此景
恍若江南的阳春三月
蜂蝶蹁跹，春风荡漾

小雪（二）

小雪，去年你还尚幼

不曾懂得红尘的世故薄情

今年，你刚成年

希望你还是继续待字闺中吧

外面风大

怕谁又惹你迎风流泪

待到大雪

你内心成长得足够坚强了

再一展风华吧

小雪（三）

小雪，大雪
让我秒想到《三国》里的二乔
一样的冰清玉洁
一样的那么受人追捧

都是美丽的代言词
小乔大乔早已作古
唯你们，依然青春无限
无论是谁先莅临

我都将为你们
铺十里红装，百里相迎
大红灯笼高高飘扬

马头琴

沉寂的草原上，大多的生灵
都与秋草一样正在迅速走向死亡
寒风吹过河流，河岸野花一片

夕阳下，小伙正在策马驱赶羊群
不远处，蒙古包炊烟袅袅
马头琴，时而呜咽时而激昂
正在召唤着远游的浪子

一起来吧，在这更深露重的夜晚
架一炉篝火，温一壶烈酒
拉一曲《鸿雁》或《天边》
驱散一切阴冷邪恶的鬼神
拂去尘世的孤独和悲伤

今夜，我想醉倒在草原的怀里
熊熊的篝火仿佛就是黎明的朝阳
伴我入眠

渴望与失落

厚重的白云
快要降落在这绿茵辽阔的草原
我跨上汗血宝马扬鞭奔腾
一只雄鹰从云间坠落，俯冲而下
正在臆想一场草原的盛宴

伴着一声长长的嘶鸣
我抓着粗壮油亮的鬃毛
跃上云端。俯瞰苍穹下的原野上
一只栽了几个跟头的鹰
流下了两滴沮丧的清泪

夜半，我从梦中醒来
陋室依然，寒风依旧
我分明清晰地看见
窗台的月亮也挂着两滴清泪

人生本无对错

人世既复杂，也简单
这个，是完全可以自己掌控的

比如爱情
有人把她折腾成长篇小说
有人却把她过成短小的诗

比如季节
有人喜欢姹紫嫣红的春色
有人却偏执冬天那一抹浪漫的白

人生本无对错
心态，定位有别
人生的色彩就注定千差万别

比如我这一生
简单，直白，朴素无华
寒冬一壶热酒就可以让我乐开花

风情，就是这样的

初冬，傍晚
寒风呼啸刺骨
冷雨滴滴答答不休
我冒着风雨穿越整个城市
这近四十公里的路程
对有些人来说是天涯
对我来说就是咫尺
能美美吃上一大碗
脍炙的家乡风味的侯氏宽面
这是此刻内心最大的满足
浪漫，激情，谁解风情

车窗外，依然风雨交加
我踩足油门哼着歌儿往家赶

泪光中的那朵玫瑰

一朵玫瑰
扶着瑟瑟秋风，落下一滴
委屈的，红色的泪花

她，本应属于
纯真，浪漫，或淡淡的馨香
或在诗情画意里徜徉

一夜雨打芭蕉
晨曦里
一朵雪白的云腾空而起

那一定是她，看透世间薄凉
依然，笑靥如花

秋天的离殇

从转身遇见秋的惊喜
到余情未了的告别
绝不是太矫情
而是我还有大把大把的爱
可以燎原

秋风吹来故乡的问候
秋雨滋养灵魂的舒爽
芙蓉惹醉的秋色
秋香浮动的月夜
都曾是我半梦半醉里的幸福

总有一天
我会在暮雪千山的梦呓里
时不时呼唤你的乳名

秋天终于要走了

我是被秋天深爱过的
当五谷杂粮装满天下粮仓
当第一滴秋露凝结成霜
当最后一群候鸟列队南飞
当枫叶红装登场欢舞
我深深知道
秋天终于要走了

浓情的话压在心底
当薄薄的阳光照亮雪花时
我会在暖暖的台灯下
给你写一封长长的信
勿念！一切安好

下雨的日子

地表的水渍还未风干
雨，又在山谷里腾起了细浪

一把雨伞在古巷里游走
一只孤雁在烟雨中赶路
柳堤寂寂，炊烟袅袅
我是人间一位匆匆的过客啊

像十月的桂香
曾经的馥郁终将被雨打风吹去
像秋天的颜色
终将在绚烂的斑斓中
褪尽华丽的红装
还原天地万物应有的本色

枯叶入泥，淡淡月光
那是一帧人间最具诗意的素描

秋风里，那只空空的鸟巢

一阵萧萧秋风掠过
那只破败的摇摇欲坠的鸟巢
终于从老树丫上彻底倾覆
此刻，仍能隐隐约约感知到
那几根小羽毛紧贴巢壁的温度

曾经多么温馨的港湾啊
筑巢，新婚燕尔，小生命诞生
哺育……其乐融融
待水寒山瘦，正需温暖加持之时
却各奔东西，作鸟兽散

从古至今，世间冷暖，概莫如是
一瓣花开，一枚叶落
秋风又紧，我阔步昂扬而去

又见候鸟南飞时

当众花迷茫时
有一朵花儿依然保持初心
当成群结队的鱼儿顺流而下时
有几尾鱼儿正逆流而上
去追寻他们所理解的生命意义

又见候鸟南飞时
我仍止步于脚下这一片土地
远方，除了远，一片虚无
韶华易逝。当月光斟满酒杯
一阕小令解千愁

清煮一壶秋色

年轻的枫叶
被路过的秋风一打趣
就羞得满脸通红
犹如那年的你
一个深情的回眸

又是一年秋风起
我端坐在时光深处
清煮一壶秋色
望穿秋水，等你归来

月下共饮似水流年

深秋造访峨眉半山七里坪

站在七里坪的观景台上
突然觉得我坐拥江山无限

在这个冷秋的时节
候鸟般的游人都决绝地弃你而去

而我，偏偏来亲近你
空寂的山谷感动得整夜淅淅沥沥

为了平复你激动的心情
我在风雨交加的清晨迅速撤离

谁能读懂这般矛盾的心情？也许
在你心似冰冻的时节我还会来看你

致失去的记忆

一觉醒来，大脑一片空白
秋雨，仍在窗前逗留
似乎誓把天空的苍狗洗至雪白

忘记了，就忘记了吧
每天从清晨醒来，就是一次重生
我期盼着崭新的太阳
崭新的月亮以及灿烂的星辰大海
写到这儿，仿佛秋风都切换成了
温柔的模样

我已徜徉在未来的美好时光里
没有时间去铭记
昨天究竟经历了什么

享受孤独

穿过喧嚣的繁华霓虹
更享受属于一个人的孤独
坐在未来的时光里
我会向路边的草木花朵愉悦告别

在充满诗情画意的秋雨夜
一卷书，一盏茶，尽享安然
若再点上一支烟
我的世界就充满了灿烂的“烟火”

我的幸福很简单

我一直在压抑自己
疯长的思绪
让沸腾的血液平静下来
我不会去在意
太阳对我的成见
月亮对我的偏见
我独自在这黑白的世界里
游走，休养生息
这个秋天，我很幸福
这一生，我很欣慰
每一片凋零的秋叶
每一粒降落的尘埃
我都当作
是你特意从远方捎给我的
亲亲问候或温暖微笑

秋　恋

秋天，一挥画笔
一帧巨幅的顶级油画呈现人间
秋天，一舞水袖
红叶、黄金叶……将随之漫天起舞
秋天，一个回眸
那一定是万类霜天竞风流

无论是浓睡不消残酒的秋雨夜
或是半城桂香浮动的黎明
还是在水一方芦花摇曳的黄昏
都是让我为之沉醉的倾城时光

假若，哪一天你真的老了
我依然站在原地
陪你走过苦涩漫长的冬、夏、春

当再一次簇拥你的时候
我会静静地坐于窗前，烹一壶素茶
远远地，微笑着
心无旁骛，细细品你

重　阳

以前，我更多关注明天、未来
更多地呵护幼苗、花蕾
从今天起，我要转移视角和重心
多把心思放在身边
渐渐变旧的事物或变老的人

不是我心血来潮
比如一直坐在阳台上的小木凳
比如年长的亲人，老师和朋友
曾带给我太多的支撑，欢乐
温暖和感动。怎敢遗忘

心中忽然浮现一幅画面
一轮晚秋的夕阳，挂在湖边的芦苇
我坐在深巷尾的小木凳上
回忆青春。如血夕阳在枝头
在湖心，跳探戈

这个秋天

记忆里
秋天是金色的浪漫
是芦苇摇曳的情话
是桂香馥郁的心动
而今，已摸不准秋的脾气了
时而如老虎，狂躁不安
时而如白蛇，水漫金山

这个秋天啊
不过，天要下雨娘要嫁人
该来的终究要来
该去的终究要去
我盘腿坐在佛堂，双手合十
静听寺门外如木鱼声声的秋雨
敲打着这多事之秋的人间

青城山上，养心

雷电阵雨，踩着韵律节拍在欢呼
我们的抵达。从一马平川到青城之巅
这种穿越感，恍若昨夜之梦境

雨渐小，浓浓的雾气如我
此刻的心情，在深幽的峡谷里升腾

温泉池边：顽童们击水甚欢
情侣们窃窃私语，让爱升温蔓延
一群中年男女，在肆无忌惮豪放大笑

我静静地，让灵魂触摸，来自
大山内心深处散发而来的温存

一片秋叶的心事

你欣喜地将我从路边拾起
为何又随便将我遗弃在风中

不寄望于你是否能真正懂我
大地才是我最终的知音

不必掩耳盗铃，口是心非
月亮会扫描出万物的心事

轻叩时光

头枕白云
我半卧在如洗的深蓝天空
拥着清风，酣然入梦

苍穹绚烂，却无心欣赏
像喝醉了酒，只想闭目疗伤
让心，去感知世间的美好

轻叩尘封的时光
好想从枯萎中抽离出青春
携风，自由飞翔

漂在上海的这些日子

总是不适应在花园里行走
觉得自己就是当年进大观园的刘姥姥

我既满心欢喜却又战战兢兢
如蒲公英的人生终究没有落脚的港湾

梦回贫瘠的故园
闻着泥土的芬芳，内心才更安然

羡慕海边充沛的阳光
那是海鸥、海燕们的自由天空

漂在上海的这些日子
我慢慢爱上了这个美丽的人间

过 客

凌晨五点
我从深秋微凉的晨曦中
醒来。回望
自己潦草的青春过往
惺忪睡眼里
月光与我对视
熟悉又陌生
窗外路过的雪、月、风、花
似乎与我没一丁点关系
从前，我非常郁闷
此刻，我不再忧伤

原本，我们注定就是彼此的
过客

醉在乌镇

霓虹闪烁，清风明月
乌镇妩媚的夜色
开始在乌篷船头摇晃

青石巷里的大红灯笼
书写出节日的欢乐与祥和
乌篷船上的石拱桥
曲线婀娜的身姿尽显妖娆
穿过长长的柳堤、石径、酒肆
水街对面，一曲古筝轻弹
《春江花月夜》越过千年
徐徐舒展
鲜活丽景一一再现

“二十四桥明月夜，
玉人何处教吹箫。”
此情，此景
醉了明月　清风

面对面，我竟没有半星诗意

千年西湖

多少文人墨客把你赞颂

碎银洒满的湖面

翠柳极尽弯下婀娜的细腰

想与之多一寸亲近

雷峰塔静静地倒映在你的怀里

褪尽妖气，尽显安然

孤山之路从此断

断桥残雪消谁魂

三潭映月桂香飘

苏堤春晓动天下

放空思绪

任爽爽秋风轻轻吹拂

我半卧在一叶小舟里闭目小憩

醉在微风徐徐的西子湖畔

西子湖畔，夜色渐浓
情，在一杯杯绍兴黄酒中
再次发酵，层层渲染
一个温情的叙说
一个夸张的笑声
如透亮的月光坠落西湖
跃然成一朵美丽的涟漪

今夜，我们在反复消费着
多年以前的美好记忆
多年以后，愿我们能继续重复
如今夜一般的美丽心情

那是多么珍贵的平凡中的灿烂
正如秋风秋雨中的那抹金黄

我和乌镇有个约定

傍晚，我如约而至
乌镇的夜，比我来得更早
像第一次与心仪的异性约会
充满期待

妩媚的夜色，一条乌篷船
江南水乡的画框忽现
虽在揭开乌镇神秘面纱之前
我心中早已有无数个相遇桥段

当第一个镜头冲进我眼帘时
我依然热泪涌动，你的美
怎不让人为之沦陷
有人见惯不惊，有人叹为观止

当一轮银月爬上柳梢
古镇刹那安静了下来
你，仍是我梦中的俏丽模样
我迟迟未来，你静静守候
今夜，让我们尽情相拥

西塘印象

秋日里的西塘
少了点烟雨江南的朦胧之美

但毫无遗憾，每一座石拱桥
每一个荡漾的水纹都是我想要的模样

窄窄的古巷，凹凸的石板路布满苔藓
流淌着多少悲欢过往

临河的吊角酒楼阳台上，一对情侣
端着红酒杯，正在细语呢喃

以画像为生的白须老大爷坐在店角
旁若无人、静静地享受着午餐时光

我从冬日的夕阳里醒来

我从冬日的夕阳里醒来
夕阳如一枚金色铜钱
展示着它即将融入大地的价值

有人在夕阳下叹息
有人在夕阳里高歌
我坐在夕阳里露出浅浅的微笑
咂一口素茶
听一曲清音

即便在未来的某一天
我成了一枚夕阳
也要散发出暖暖的金色光芒

夏 花

在生命最热烈的时节
淌过清凉的山涧溪流
在拾级而上的石板路旁
一小丛格桑花
在湿润的土壤里鲜活绽放
微风轻拂
远远向我点头微笑

我瞬间有了带她回家的冲动
把她种在我的窗前
天天看着她，就感觉
很幸福

怀　旧

突然开始喜欢上变旧的事物
比如年少时写的日记本
毕业时青涩的照片
还有曾经读过的徐志摩的诗集
还有一些事，一些人
都深深印在我记忆的底色里

常常在遗忘的边缘纠缠
变得越来越沉默
喜欢静坐在大雪纷飞的深夜
想象每一瓣雪花的花语
雪花，像是动了凡心
痴痴地、铺天盖地地爱着我的城池

所有的思，所有的念
都停泊在一片红透的枫叶里
茎叶上刻有我的名字
秋风会把它寄到你的窗前
愿做你一生最钟爱的书签

我与秋天有个约会

还沉醉在温柔的春风里
转身就遇见缠绵的秋雨
曾经为桃花写下太多的诗篇
那是年少的炙热和轻狂

我和秋天早有个约定
但总感觉那是很久远的事
总感觉自己还有大把的青春
可以慢慢细数、挥霍
我站在初秋抬头凝望自己
其实，我就是风中的一枚秋叶

田野的稻香和漫山的果香浮动
银杏将镀金，桂花又抽芽
切换心情，以崭新的从容
去泼墨书写这沉甸甸的绚烂秋色

一棵小草在秋风里醒来

一切自私和傲慢终将谢幕
小丑涂上胭脂仍是小丑
莲花的圣洁与生长在何处无关

在这风清月明的夜晚
忽然听见
松叶簌簌降落的声音

又仿佛听见，明月的边关
马嘶鼓鸣，旌旗猎猎
那是沙场秋点兵的英雄豪情

领略过春雪，聆听过秋雨
我分明听见白骨生长的声音
一棵小草正在破土醒来

一粒尘埃

常常羡慕蒲公英
总有落地生根的时候和地方
无论咫尺还是天涯

我的苦，是风给的
在这四季轮回的广阔天地间
我，任由风摆布

路过街角的爬山虎
都有拜师学艺的冲动，爬山虎
却回头说，你最自由啊

我曾经向往远方
哪知远方的远方永远是远方
还有荒芜和孤独

来生，我愿化作一朵雪花
哪怕昙花一现
也会是无比风华闪亮

触摸夕阳里的光影

从未留意

夕阳，比朝阳更努力倔强

更加炙爱生活

夕阳穿越乌云楼宇的层层阻碍

奔赴嫩绿酥软的故园草地

像久未蒙面的情人

眼里诉说着动情的泪光

在生命中的最后时刻

把心里仅剩的一缕阳光

毫不吝啬地尽情挥洒

挥洒在她曾经深爱过的广袤大地

心心念念的一草一木

当他们深深相拥的那一刹那

世界瞬间亮了

一道彩虹斜倚天边

愿我们，风尘归来仍少年

我们还有什么值得等待

在全世界都已入睡的子夜
唯有房间的灯，醒着
忠实地默默地陪伴着我
窗前的明月，挂在婆娑的树梢
随风摇曳

放下手中的书卷
点上一支香烟，吞吐之间
云雾开始缭绕
我瞬间成了云中之仙
前尘与往事，皆随风慢慢远去
我在轻柔的夜风里
放空一切，静静入眠

我看到的世界依然美好

暴风雨后的清晨

蔚蓝的天空

被雨水擦拭得一尘不染

但愿人心也与天空一样

依然鲜红闪亮

穿过朝阳的风

再没有往日的暴躁

我坐在苍翠欲滴的人间

咂一口素茶

内心安然

我刚从做了一半的梦里醒来

从日暮到清晨
我刚从昨晚做了一半的
梦里醒来
静静地看着自己的狼狈

窗外，依旧云淡风轻
昨夜究竟发生了什么
已无须去追究
我仅关心
今天的太阳是否升起
花儿是否依然芬芳

此刻，我只想
泡一壶早茶
和院子里草坪上几只
蹦蹦跳跳的小鸟
谈谈心

太阳也有落寞的时光

七月的太阳
正在更年期里煎熬
河水上涨，水草丰茂
原野的格桑花正欣欣向荣
山涧的溪流
比初春时节更加欢腾

只有月亮真正懂得太阳
此刻落寞的心情
一向对太阳忠贞不贰的云朵
也早与风去流浪

曾经的威风八面，风花雪月
早已被雨打风吹去
在这月光如水的夜晚
太阳安静地躺在夜的怀里
泪光闪烁

闭口不谈，过往的风华

我只想陪月亮坐一会儿

七月七
本是举案齐眉的美好时刻
我却与风在荒野流浪

七月的流火
燃烧了大半个黄昏
旅舍外　池塘里开满了莲花
微风轻轻拂过
风姿妖娆
我却无心去品赏

此刻
我只想陪月亮坐一会儿
静静地
什么也不用说

慢慢咀嚼
这二十多年的碎片光阴

夏天的屋顶

屋顶的小菜园
茄子，丝瓜，辣椒，西红柿
在六月充沛的阳光雨水里
长势喜人。夕阳里
月亮已早早坐在云端乘凉
一缕清风拂过
熟悉的瓜果香令人沉醉
让我瞬间回到了儿时的场景

几个小淘气跑前跑后
在菜园里、在麦垛下躲猫猫
母亲一直在菜架下忙个不停
灶膛里的柴火欢呼跳跃
烹煮着一家人的幸福时光

劳累了一天的父亲
美美地抿上一口酒
大声吆喝着我们快点回家解馋
几张小花猫的面孔
惹得母亲爽朗地哈哈大笑

太阳和我一样率性

敢与太阳对峙
曾经的我是多么的青春年少
太阳在他万千的粉丝眼里
永远光芒万丈

黄昏时分
太阳虔诚地跪在大地面前
带着满满的负罪感
露出红彤彤的嬉皮笑脸

哦，今天又下了一天的雨
到这个点太阳才出来露了个脸
昨夜不知为谁、与谁喝得烂醉
到现在酒都还没有醒

太阳也有伤心郁闷的时候

太阳的颜色

太阳的颜色
是春夏秋冬的温度
是一朵花盛开的花语
是一个人瞬间的心情
是一棵草木的兴衰

热情时如燃烧的火苗
浪漫时如血色的玫瑰
孤傲时如冰冻的霜雪
在我心里，你是蓝色的希望
绿色的铿锵

当爱情来袭时
你是天边的彩虹或极光的浪漫
总是以万种风情
撩拨着这世间万物的
每一次心跳

百日祭
——祭奠父亲

有一种痛

会随着时间的推移而隐隐加重

有一种爱

会随着岁月的沉淀而愈加浓烈

你又一次在我梦里鲜活

醒来，我彻夜难眠

简单的关切，朴素的叮咛

至今萦绕耳旁

雨过南城

火光在山头坟茔升腾

映红了天边黄昏的云朵

那是父亲

慈祥温暖的微笑

夕 阳

兴奋一天的太阳终于有了困意
想喝几口老白干解乏
却整得满脸绯红

几位刚洗完衣服的姑娘
顺着河边的竹林
嘻嘻哈哈快步朝村里赶

太阳羞得将脸埋入河里
本想让清凉的河水冷静冷静
却喷出一大口红色的酒

映红了大半个河面

只谈将来，不言过往

曾经的美丽憧憬
换回今生的如愿以偿
繁花的背后，掩盖着
太多孤寂苦痛和不堪的过往

风中飘浮的
全是幸福的甜甜的味道
又有谁能品出
葡萄美酒夜光杯中的淡淡苦涩

我们共同漫步
在这看似繁华珍贵的人间
只为抵御人生
厚重霜雪压过枝头的寒凉

倘若岁月还有凛冽严寒
我一定架起一炉熊熊的木火
温一壶陈年的老酒
与君共饮这一世苍凉

六月的雨

伏在淡紫色的丁香花上
那是六月最浪漫动人的晶莹
在这个不冷不热的季节
爱情正在阳光雨露中野蛮生长

我在等下一场六月的雨
等一个丁香般的姑娘
从我窗前路过
我会送她一把签有我名字的
淡紫色的油纸伞

水的等待

年少时，年轻气盛无知无畏
可上天，可入地
时而温柔，时而刚烈
时而热忱，时而孤傲
我这一生
做过无数成人之美的好事
也干过几件遭人厌烦的坏事
人间宽容，只记着我的好

如今，起起落落半生的我
静守在古老村庄的小河
期盼着一场平静如水的爱情
当风轻轻拥我入怀的瞬间
我仍掩饰不住内心泛起的涟漪

千年等待，我依然年轻
又开始萌发“风生水起”的理想

有月的夜晚

那天在天空漫步

星星为我铺了条通往你家的路

两旁散发着扑鼻的夜来香

似栀子花或茉莉花

瞬间，心花开始怒放

在月光洒落的清辉里

有影相随，我并不孤单

拉长的身影

仿佛是你婀娜多姿的背影

从此，有月的夜晚

不再孤单

游街子古镇

这条古街的青石板路
来来回回走了不下三次
高低不平的石板路打磨着我
平平淡淡的人生

与上次不同的是，人少安静
店铺的老板娘变得格外热情
与往昔的人声鼎沸相比
我更喜欢你安安静静的模样

古树，木墙，青瓦，红灯笼
呈现出古老小镇应有的模样
工艺品，土特产，名小吃
收割着南来北往的目光

就这样慢慢地，悠悠地走着
享受着这一份难得的闲暇时光
一碗素茶，半樽小酒
我就是这古街上最快活的仙

子夜，一阵飓风掠过

豆大的雨点敲击着木质的窗棂

每一滴雨点在窗玻璃上下坠的痕迹

仿佛是黑夜哭泣的泪痕

我起身点上一支烟

静听夜，慢慢诉说红尘枯荣悲欢

我在故乡的梦里凝望

睡在故乡的怀里特别酣甜
在这沉静的深夜
每一抹月色，每一缕清风
都显得特别亲切

此刻，我在故乡的梦里凝望
望着夜空中闪烁的星辰
如母亲向我诉说的眼睛
似我安放在夜空中的灵魂

六月的田野绿浪翻滚
在一片此起彼伏的蛙声中
小山村的夜，格外安宁
正像我此刻放空的心境

很想给自己写一首诗，从此
忘记过去，忘记过去的一切
无忧无虑自由自在没心没肺地活着
可能才是我最纯粹的理想

有诗的日子

有诗的日子
是孤独的清欢
是念念不忘的欣喜
是浩瀚夜空白月光的静美
是田园稻香中浮动的蛙声

在这雨水阳光充沛的六月
滚烫的心东张西望
左顾右盼着雪花飘飘的冰凉
总爱在苦难的画板上
描摹着无尽美好的未来

在有诗的日子里
了无期盼
文字里，已有诗意浪漫的远方

萝卜寨的花

萝卜寨上百户人家
错落有致镶嵌在半山腰
土石的房屋主体，木质的装饰
像一件件精致的古铜色艺术品
巧妙地嵌在偌大的绿色翡翠中

我正在纳闷：这么优美的环境
咋开不出一朵花呢？

快要到达村寨的顶部
路转，一大片蔷薇花墙忽见
引尖叫声一片
这不是我们梦想的幸福城堡吗？
从院落下的坡坎到院门、院内
全是花的瀑布在飞扬
走近，除了大片粉红蔷薇花
还有酒红的玫瑰和月季点缀其间

独自盘腿静坐在花下品茗
或与三五好友在花间畅饮

那是人生难得的莫大幸福

我想，人间最美的场景

莫过于，与伊人花前月下

萝卜寨的风

在太阳熟睡的夜晚
会从不远的冰川峡谷里吹来
冰冰凉凉的风
假若你是刚吃了烤羊排
或刚喝完几大碗土酒
你会享受到这晚风之凉爽
否则，就是料峭

夜雨后的古寨晨曦
霞光万道，彩云飘飘
空气中弥漫着淡淡的果香
沁人心脾
晓风拂过窗前，让我醉梦千年

萝卜寨的风，吹过千年
风干多少誓言沧桑
却带不走，刻在我梦里的
那一丝丝香甜

萝卜寨的云

湛蓝的天空下
一群白云牵着柔柔的风
在古寨后的山巅闲游
残缺的土墙，古老的木门
在流年的沧桑中
早已站立成诗

一群人从城里赶来
仿佛在四处找寻着什么
何等情怀？每年，这个季节必至
是因为这里——土菜香？
土酒醇？民风朴？空气鲜？

不，我可能更喜欢萝卜寨的
云的生活姿态

萝卜寨的雨

高原峡谷风云善变，雨特别多
今年，千年一遇
萝卜寨，因雨水太过稠密
严重影响车厘子正常授粉
大部分村民几乎颗粒无收

唉
成也萧何，败也萧何
多么金贵的甘露啊
竟然成了天灾的元凶
行走在静谧的果树林
阳光明媚，碧空如洗
我隐隐约约听见，雨
伏在树丫上忏悔的呜咽声
在山谷深处　久久回荡

雨，可是上天对贫瘠古寨
力所能及且最大限度的溺爱啊
唉
正如天下父母之于孩子的爱

想念一片雪花的微凉

躁动的盛夏
早已迫不及待开始撩拨

蜻蜓早在幽凉的荷叶间乘凉
蝉端坐在树荫下纵情亮嗓
我如热锅上的蚂蚁，坐立不安

突然开始怀念一枚雪花
轻落眉间的冰爽与
微凉

悼念中国肝胆外科之父：吴孟超院士

享年 99 岁，治病救人 78 载
医学著作 19 部，220 余篇论文
90 高龄仍坚守门诊、手术室、病房

犹记两年前某一个晚上
你接受电视台的现场采访
一句“在患者命悬一线之际还谈
该谁负责任，那他就不配当医生”
让在场观众无不潸然泪下

一位耄耋老人，仍“霸占”手术室
你说你还很年轻，想多带带学生
全国其他医生不敢做的高风险手术
都推到你这里来，不是你胆子大
而是你医术精湛，患者信赖

你有军人的风骨，医者的仁心
你当时精神抖擞的音容笑貌
至今给我们留下了温暖的深刻印象
你是科学界的泰斗，是患者口中的神医

每一位重生的患者都是你的亲儿孙

你把毕生的心血都献给了医学事业
令祖国感动，让人民铭记

悼中国工程院袁隆平院士

你这一生，鸿儒学辅
功勋卓著，光耀千秋
你用一己之智
拯救天下苍生于饥寒交迫
让全世界绝大多数人解决了温饱

你，杂交水稻之父
中国工程院院士
“共和国勋章”获得者
你却，一生淡泊名利
操心全人类的口粮、饭碗
你像和蔼可亲的邻家爷爷一样
勤劳朴实，兢兢业业
一双布鞋，踏遍万里河山
粗茶淡饭，攻克道道科学难关

每当大地稻花飘香
那是你笑容里最美的幸福时光

人类不会忘记

你这举世无双的丰功伟业

神农归西兮

惊天地，泣鬼神，日月无光

愿你到了那边不再那么辛劳

悼念杂交水稻之父——袁公

你是，最有农民情怀的科学家
每一粒米上都刻有你种子的基因代码

今天，土地沉寂，禾苗静默
筷子上的每一粒米都在哭泣

你平素从来不谈什么丰功伟业
你是最忠实的稻田守望者

以后，每一年的今天
我们都会为你齐诵“稻花香里说丰年”
我没有泪，只是视线有些模糊

党啊，母亲！我为你骄傲

若没有记载，谁能相信，一百年前
你静悄悄地诞生在
嘉兴南湖一叶小小红船之上
从此，沉睡的东方巨龙
开始冉冉升腾，直至光芒万丈

为了拯救苦难深重的祖国于水火
你高擎锤头镰刀的猎猎大旗
上井冈，渡赤水，走长征
过长江，追穷寇，缚苍龙……
西柏坡，三大战役平天下

为了民族尊严、祖国昌盛、人民幸福
你不忘初心，牢记使命，只争朝夕
抓生产，提经济，改革开放
抗天灾，战瘟疫，一带一路
造巨轮，升火箭，威震八方……

而今，你依然风华正茂
为实现中华民族伟大复兴的中国梦

你以超常的智慧率领十四亿人民
攻坚克难，精准扶贫奔小康
卧薪尝胆，振兴科技国运昌

党啊，我伟大的母亲！

每一次浴火重生，无不彰显出你：
博大坦荡的胸襟，智慧果敢的魄力
坚定和平的真诚，不惧妖魔的自信
依偎在你坚实的羽翼下
我感到午夜的梦，特别安然、香甜

初夏的风

一大早
太阳按捺不住内心的激动
四处明眸顾盼
血液从昨夜的酒杯中醒来
窗前的空杯早已盛满
深情而炙热的阳光

一阵微风拂面
顿感几丝清凉
初夏的风
是墨绿色的
有泥土沉浸的味道
让远方归来的游子
特别心安

在灵云山巅与清风对饮

汽车在陡峭狭窄的山路上爬行
直到抵达山巅的尽头
一方静谧的农家小院
让人豁然开朗

夕阳被茂密的榕树叶切成碎片
慵懒地洒落在我心间
几位多年未见的儿时伙伴
打趣着当年的糗事

土酒配上时鲜的农家小菜
三杯二盏，慢饮着过往的不堪
或如今的小确幸
都是大山的孩子啊
不敢把曾经的苦痛遗忘

风，趁着夜色赶来
把我灌醉
今夜，你若在
我就是灵云山上最快活的人

我们的人生

久了，你不联系我
可能我就真的把你忘记了
不是我故意
只是记性越来越差

路过曾经的柳堤，柳絮纷飞
河水依旧没心没肺地流淌
偶尔，风吹来你的气息
并不敢完全确认

人间事忙，青春太短
在浑浑噩噩的岁月里虚度
直到你也把我忘记
我们就扯平了

这就是我们现实的人生

谷雨里的沉思

金贵的春雨
在这最后的春天里潇洒曼舞
天地间久旱的谷物啊
如初生的牛犊
幸福地吮吸着母亲甘甜的乳汁

我也是一颗
长在春天里的种子
沾着雨露，向阳而生
我却总在金灿灿的季节里
颗粒无收

但我仍在这春天里坚强地活着
倔强自信地活着
因为我经常梦见
自己本就是一棵伟岸的无花果
枝叶葳蕤，人们劳作之余
总爱来这里纳凉，谈笑风生

桃花顾
——致敬姚丽蓉《桃花顾》诗集

早已过了桃花灼灼的时节
我仍在读着桃花般的诗篇
雨后清新的四月黎明
捧着远方飘来的芬芳
慢慢咀嚼每一个生命的文字

人间四季
走过多少芳华
人这一生
见证多少风花雪月
苦难孤独
已被繁华流年覆盖

我只想，越过千年苍茫
在大雪纷飞的明月夜
吟唱一曲粉红的浪漫

一片落叶

抽芽，生长，绽放
我已完成了一生的梦想
见证者很多
比如阳光、雨露、人间
其实并不需要任何人见证
因为我，内心安然

风拉着我说
沉默，低调了一辈子
还是做一个告别演出吧

于是
在千山红透的绚烂秋天
和着万鸟齐鸣的天籁之音
我挽着风柔美的腰肢
尽情挥洒
今生最快乐的时光

四月，并不悲伤

坟茔，墓碑
在四月，显得格外亲近
平日里的避讳之地
在四月，却成了天下儿孙们
争先恐后的目的地

冷冷的清明雨坠落在
山头的桐梓树花苞上
笑着，流下了伤痛的泪水
人间哀思，逆流成河

这是寻根
这是血脉的传承和见证

沉睡的先人对着满堂的儿孙
满堂的儿孙齐跪沉睡的先人
四月，并不悲伤
我们难得如此庄重虔诚

那座老桥

那年春天，也是四月
我头也没回从这座桥上出走
柳絮纷飞，似一场鹅毛大雪

后来，也偶尔回乡几次
可我再没有经过那座老桥
不想给心里，添加任何的情愫

如今，柳絮依然纷飞
干涸的河床却再没有碧波荡漾
老桥老矣，早认不出当初的少年

只有，一只不知名的倦鸟
伏在桥边树丫上静静发呆

穿过夜的漆黑

郁闷了一整天的春雨
终究还是在钻进夜的被窝时
刹那夺眶而出

天空落下冰凉的泪
砸向这滚烫的人间
这是天地之间正常的沟通方式

阴霾终不能与阳光对峙
雪在春天的山谷里哭泣
我在黑黑的深夜，安之若素

穿过冰冷，穿过漆黑
是一轮雪白的皓月

人间四月正芳菲

四月，把哀思深藏心底
轻松一点
我们毕竟还活在这凡尘人间
烟火之事还太多

天空卸下灰色的面具
绽露出湛蓝的娇容
太阳睁开睡眼
焕发出青春的光芒
流浪的白云刚回家
摆弄着她崭新的白纱裙

桃李虽落幕
樱花正烂漫、夏荷已含苞
人间四月正芳菲
看着池塘边的榕树上
静默等候、准备试嗓前的知了
屋檐下忙碌筑巢的新燕

几分禅意，几分欢腾

山村的鱼

山村的鱼
一出生就背负起
父母向往大海的梦想
跨溪流，越江河
直奔大海闯荡而去

一路坚强，一路艰辛
谁又见过鱼流泪
海水，却在变咸

海听到鱼的励志故事
感动得大哭一场
鱼，瞬间变成了咸鱼

多么怀念在小山村
淡淡的
日子

四月的夜

甜甜的夜
吹拂着四月的风
快散架的青春
躺在慵懒的沙发上

窗外依旧熙熙攘攘
独自，躲在夜的边缘
一支烟，一盏茶
任思绪虚无

白天的太阳、杏花、鸟鸣
都与我无关
自从，月亮背叛我后
关于夜的所有事情
我都毫无兴趣

不愿再做夜的傀儡
在迷茫、媚惑的夜色里
小心翼翼捡拾起
遗失多年的骨头

屋檐下

我用了整个冬天在屋檐下种的剑
一夜之间被太阳没收光

我这半生仿佛一直寄人檐下
一直期待哪天能抬头挺胸做人

屋檐雨，滴旧窝
仿佛滴滴在敲打着我的灵魂

一直担心屋檐下那一个鸟巢
年久脱落，怕来年燕子找不到家

我经常坐在屋檐下苦思冥想
什么屋檐才是我想要的家

时过境迁的理想

大山，向往平原的一马平川
平原，却对大山仰止

大海羡慕小河溪流的情调
小流却惊叹大海的博大胸怀

我从大山走来，深爱着
大山的山山水水一草一木

曾经向往的都市繁华皆为过往
如今，我更想隐身于山水之间

给彼此一个归宿吧

穿过岁月的乌云
我们都早有了各自的归宿

背靠酒店楼下湍急的河流
听涛声依旧，思绪万千

这迷人的鱼凫古街夜色
正在吞噬我醉醺醺的灵魂

曾经的美丽誓言
如窗前的风铃，不再有清脆的回响

在桃花和春风的笑声里
我决定把对错过往，就地埋葬

把故乡装进行囊

我这一生，一直在流浪
只好，把故乡装进行囊

带上故乡去西藏
看大昭寺门前的虔诚月光
布达拉宫上空的神秘太阳
南迦巴瓦峰的妖娆云端

带上故乡去新疆
去天山腰间看最圣洁的雪莲
赛里木湖那一滴清澈的眼泪
雄鹰守护的那拉提大草原

带上故乡去成都
去峨眉山金顶看云海日出
九寨沟那一汪汪蓝绿的海子
九眼桥玉林路的情怀小酒馆

带上故乡
去实现她的梦想

去任何她想要去的地方

从此

我再也不用去伤感

梦中的乡愁

与阳光对白，与月亮对话

黑夜永远不懂白昼的明眸顾盼
白昼永远不懂黑夜的深情浪漫

我在太阳里热情奔放
在月亮里寂静、欢喜
我在白昼里与太阳并肩前行
半夜醒来陪月亮说说心里话

在众人的眼里，你们是
炙热与恬静、勤奋与浪漫的完美
天造地设的佳人才子、并蒂连理

而我所知道的却是，你们各自清高
各自固守着孤独和怨恨

夕阳羞红了脸，月亮低下了头
此刻，我想邀请二位来我的芦苇荡
来到我湖心的小篷船，共饮一觞

什么也不用说，只是笑饮人生

我想为春天筑一座城堡

从今天起

我必须照顾一下春天的情绪

只怪从前顾虑太多

总怕人们把她给宠坏了

有一天，当我真正走进她的内心

惊讶地发现，她也和我一样

孤独

看似热闹簇拥，争相献媚

究竟？几人虔诚、几人能懂

我想筑一座简约的城堡

将她迎进来，悉心呵护

花开四季，春色满园

春天终于迎来了她的春天

不说祭奠
——致敬作家狄更斯

我并不想提“祭奠”二字
因为，除了歌颂
剩下的，全都是伤感、回忆

千古英雄，皆被岁月雨打风吹去
万古圣贤，也不可能一直口吐莲花
但我，并不伤感
他们的雄姿英发、温文儒雅
早已像一盏灯、一束光
照亮着这漆黑混沌的世界

故乡的小镇
和我现在流浪的小城
是我呓语梦里最美丽的
双城

与天下文友偶遇甚欢
我再也不是，从前那个
雾都的孤儿

我与春天有个约会

是我期盼太久，还是你来得太迟
一见面，就撞一个满怀
不要在春天里哭泣
哪怕，是喜极而泣

在冰雪刚开始消融之时
一场蓄谋已久的“暴动”开始了
各自跑马圈地，野蛮生长
格桑花在原野的微风里起舞
经历蜕变之战，凯旋的彩蝶
向世人炫耀着她刚刚加冕的锦衣
蜜蜂正忙碌地收割一季的甜蜜

而我，静坐在微笑的春光里
等着你的如约而至
呵呵，我已听到你细碎的脚步声

记“幸福悦读会”志愿者——爱玲

从家到“幸福悦读会”，四十公里
从黎明到深夜
周末，或下班时光里
随时闪现着一个忙碌的倩影
如天使，似精灵
她，默默用脚步和光阴
丈量着、诠释着
天地之间——爱的奉献

她，就是青年作家——爱玲

搬运着，拍摄着，
整理着，登记着
一帧帧
从四面八方捐赠而来的
琳琅满目的书籍
孜孜不倦，乐此不疲
把点滴的赤诚爱心
汇聚成大爱之江河
滋养着一个个干涸的心灵

爱去者爱返，福往者福来

人世间需要爱的温度

垂下高昂的头颅

摈弃傲慢和偏见

学爱玲一样

虽平凡渺小如尘埃

却光芒万丈

有你周全，一生安暖

本想渡他人
却又渡了己

你
胸怀天下却虚怀若谷
志存高远却亲和谦卑
集结天下之英才
不论皇族，还是草根
皆愿扎根于你肥沃的土壤
痴心不改，野蛮生长

我愿做一棵寂寂小草
入住你百花齐放的“大观园”
尽享满园春风阳光雨露的滋养
我尽管满身泥土，卑小微亮
却倍感荣幸，因为有你的周全
我如沐春风、寂静欢喜
一生安暖

冬夜的星光

在梦里，你调皮地眨着
清澈的眼睛
想着你妩媚的模样
心中，一阵惆怅

挽一缕清风
望一弯新月
点点星光，朦朦胧胧
亮晶晶，皆是泪光

你的心事，看不懂
广寒宫的那片白月光
总是冰冷凄凉。不懂
你为何如此忧伤、深沉

寻寻觅觅，不知你
在这寒凉寂寞的子夜
深情地，频频回眸
又意欲何为

盼　雪

从入冬就在等你
不只今年
不只今天
不只此刻
不知你是否知晓?

在每一个起风的夜里
在每一次霜降的晨曦
我都在虔诚地默默祈愿
——雪，快要来啦
心，也快跟着复活啦

一个凛冽的深夜
你在梦中告诉我
其实
你也一直在等我
在二百里外的西岭雪山

我飞奔而至
扑倒在你怀里

多么芬芳，如此温暖

清风素雪一相逢

让我一世苍凉的心

从此安暖

红　叶

枯木藏冬终逢春
萌芽，生长，抽叶，繁茂
再苦苦熬过寒露、霜降
一叶火红透心、娇艳欲滴的
红颜，傲世而立

正欲在一片白雪皑皑中
展露灼灼芳华
一袭凛冽而过
在一夜钻心的抽搐疼痛后
终究在痛苦中蜷缩着
抱憾凋零

唉
难道这就是江湖上传说的
红颜薄命

冬　雾

真无心去理会
是雾，还是雾霾
一大早，微醺中
我已轻快地在云雾中快速移动
穿破层层浓雾
如梦如幻
如穿越在九天瑶池
见一排排琼楼玉宇
迅速向我倒来

广寒宫的玉兔和嫦娥在干吗呢
睡觉？还是在起舞弄清影？
还是在围炉旁借酒消愁？
光阴飞逝，一越千年
我也无心去理会

享受此刻
心中瞬间升腾的美好
举杯问云
天地间什么才最美好

是雾里花还是云中月

你半天无语

而我

只想今生来世在半梦半醒中

一片红叶惹闲愁

天寒地冻，万物寂静
红叶滚烫了冰冻的相思
撩拨红尘的三千情愫

一个转身，虚无的白
在一场漫天大雪来临之前
红叶，泛起一阵泪花

再多的情殇，也会随这个冬季
一起埋葬，拾一片红叶作诗笺
写一生眷恋，道一世沧桑

我所理解的风花雪月

风，看遍人间冷暖
春秋冬夏
任岁月如何更迭
始终保持内心应有的温度

花，阅尽繁华万千
花开花谢
无论昙花一现，还是持久芬芳
始终绽放自我最娇艳的风姿

雪，漫步苍穹天地之间
或长年或转瞬
无论在高原平川，还是南极北极
始终把冰清玉洁的浪漫传递人间

月，巡视寰宇万里江山
或弯或圆
无论在浅秋山岗，还是在大雪西楼
始终把如诗的意境写满诗人的心间

让生命，在苦难中开花

人间的苦难
或轻重，或长短
没有谁能幸免，逃脱
心态，却呈现各异

水仙在春风里死去
梅花在凛冽冬雪里怒放
大多物种都是按正常时令
发芽，生长，芳华，枯萎

小草破石而生
蚂蚁在大象蹄下撒欢
枫叶临枯绽放绚丽的风姿
水滴在寒风中站立成花

太阳，在黎明前撕破黑暗
抚慰着这个冰冻的人间

梦里，长相忆

风一程，雨一程
风雨人生匆匆行
夜半西窗灯

山一景，水一景
万水千山镜中影
一泓秋水静

露一更，雪一更
炉火酒浓酣梦声
一钩月独明

无须面朝大海，依然春暖花开

穿堂风带着针
刺向我满脸虬髯的面颊
浅秋到严冬
没有缓冲和渐进

多年以前的那一场爱情
也如今冬一样
断崖式的，从沸腾直降冰点
没有给我半点缓冲
那一夜
只记得酒在深夜把我灌醉

世俗啊！让世界千疮百孔
善良柔软的心
从火热，到冰冻
再艰难地回到三十六度左右
是历经了多少辛酸和磨难
才得以超脱和重生

黑夜和严寒终将被抛弃

试着推开春天的小门

打开诗韵的栏栅

无须面朝大海

这里，依然春暖花开

夕阳如血，芦花飞

河岸一排排芦苇
在金色的夕阳里
摇曳着，她妩媚的风姿

风，奏响天籁在山谷回荡
心，瞬间生长出了无形的翅膀
与如雪的芦花翩翩起舞

时光沉醉
沉醉在流年里，深秋的芦苇荡
夕阳如血，衣裙漫飞

握着残存的美好记忆
我，了无悲伤

一滴水的梦想

汽车呼啸穿梭
刺破凛冽黎明前的黑暗
总有一些人早起
散落在天涯海角
各自忙碌奔波着或奋斗着
城市如一条奔腾的河流
时而平静时而汹涌
我们如一滴水，无法掌控
顺水或逆流的命运

一滴水，注定是孤单寂寞的
置身于城市的河流中
似乎显得安全些、热闹些
突然想去远方流浪
于是在彼此的怀抱里
簇拥前行

忧伤时，我们欢快歌唱
逆境中，我们激情澎湃
没有过不去的沟沟坎坎

梦想某一天从黎明中醒来
我已跃立于浩瀚大海之上
拥抱即将喷薄而出的
万丈霞光

一片秋叶

在一片秋叶
依稀的故梦里
残存着，过往季节的殇
岁月单薄了记忆
大地将斑斓的红黄诗意
统统收纳，尘封

曾经的梦想
在萧瑟中
依然站成傲骨的模样
我站在世俗的缤纷路口
以淡然的悲悯
收藏这一路的烟火风尘

有一种心境叫宠辱不惊
有一种禅意叫去留随意
有一种超然叫静待落尘
有一种诗意叫寂静欢喜

生而为花，死而为泥

对峙一片秋叶

心生敬畏

即使逃不掉葬入尘土的命运

依然奉上了本色的精彩

然后默默地蛰伏

静候来年燕归

绽放遍野春光

青山云雨间

一骑绝尘
翻山越岭未下鞍
迫不及待，只为
一睹你的绝世芳容
雷声轰鸣乌云翻滚
秋雨奋力掀开乌云
梨花带雨
迎接着远道而来的客人

暮色点亮一排排人间烟火
光影摇曳，波光粼粼
如闪电坠落湖心
我分明瞧见你
内心的涟漪
隐藏着一怀娇羞

一湖清幽，娇娇妩媚
我收马下鞍，沉醉于你静谧的美
青山，吊脚楼，与你
在云雾飘逸中勾勒出

一幅如诗如画的世外桃源
山花氤氲香，秋风柔柔吹
一袭落花雨，飘摇而下
滋润着我久久干涸的心河

泪如雨下，方知过往剪不断
今生累，尽徒然
一切浮华终将散
我只愿，化作一滴泪
躺在你平静温暖的湖心
我只愿，是一枚秋叶
躺在你波澜不惊的湖堤
陪你，阅尽这人间四季风景

来年再见，秋天

擂响别离秋鼓的
不止远方的风
大雁在天空排队起舞
小鸟随杏叶纵情欢歌
全世界都在列队
向绚烂的秋天作别

往后余生
不再那么多愁伤怀
学会享受
不同时节的美好

我仿佛已看到
漫天雪花在窗前飞舞
梅花在枝头春闹
我温一壶冽酒
在皎洁的月光下
微醺浅吟雪花的浪漫

路太颠簸，我们缓缓前行

流浪在这个繁华而荒凉的地球
灵魂在静寂的黑夜里四处梦游

把心，究竟安放在何处才是港湾
浮华如梦，死亡终是最后的归宿

我们四方奔波乞讨，身心疲惫
为了幸福和理想，已迷失了太多

怀念着书声琅琅的校园晨光
鄙夷着如今油嘴滑舌的自己

为了远方，我在尘世里艰难地苟且
坚守初心，我仍坚持着我的坚持

路太颠簸，我们缓缓前行
有你的人间太美，我得放慢脚步

熊猫记

憨厚，可爱
一件经典黑白外套
精致，时尚，百看不厌
一袭烟熏妆
独树一帜

饿了，啃几口鲜竹叶
渴了，捧几口山涧泉
累了，爬上枝丫睡觉
醒了，与阳光聊聊天

长隐山林，深居简出
内心宁静，与世无争

青海湖

你

美名早远扬

游子

从四海八荒涌来

一睹你绝世芳容

我

从远方赶来

只为与你邂逅

流连痴迷人间

我心，为你狂野

你美美静静伫立

惊艳世界

无以言表

如高原上的美丽格桑花

在我生命中的每个角落

静静为我开放

从此，你

醉了天下

美了人间

又见洱海

又见洱海

她仍是那样斯文、静谧

远远地、温婉一笑

目迎故人的突然而至

她

没有大海的波澜壮阔

没有黄河的激情澎湃

更没火焰山的热情似火

她，独一无二

秀若黛玉，静若处子

她

生在彩云之南

行走在蓝天白云的怀抱

一颦一笑

楚楚动人

让人无限憧憬回味

听　雨

昨夜
醉卧锦城一隅
夜静梦正酣
一声惊天霹雳让无数梦中人惊醒
电闪雷鸣
雨急风骤

我点上一支烟
听风
诉说着古老的荒凉
听雨
呢喃着多少的不甘
映着闪电的光影
和着雷神的韵律
我听到了世间最美的情怀和乐章

苦涩的泪水早已被岁月风干
历尽万千风雨
不言沧海桑田
我们都变换了曾经的模样

风，还像那年的风
雨，犹似那年的雨
我却听出了与当年不一样的风景

愿风
不要忘记伫立窗前的风铃
愿雨
还忆得青石巷里漂亮的油纸伞
不管春风十里
还是繁华落尽
我仍期待
曾经的风曾经的雨
洗尽我们一世迷茫

那年秋天

那年秋天
你正芳华
一颦，倾城
一笑，倾国
时光，因你而凝固
羞红了枫叶的脸颊
温暖了一世的记忆

岁月如风
吹醒了，蛰伏的万物
吹开了，娇艳的花朵
吹美了，雪白的云朵
吹跑了，老树的枯叶
吹皱了，我们的容颜
吹落了，一地的牵念

时光如水
壮观了，壶口的瀑布
秀丽了，九寨的花海
浪漫了，洱海的白帆

喂养了，苦难的生灵
滋润了，荒芜的灵魂
淋湿了，一窗的诗意

穿过岁月
眺望时光的风景
湖面平静，清澈如镜
似乎映照出了远山的心思
你化作一袭秋风，瞬间掠过
吹老了湖面
吹乱了远山厚重的心事

秋美如诗

春艳夏燥冬寒
唯秋柔美如诗
一风一叶
一草一木
一露一霜
一烟一尘
撩拨万千情思
孕蕴无尽诗意

金桂无语
香润半边城池
银杏曼妙
金灿斑斓深巷
枫叶飘飘
红袖曼舞江山
蒹葭苍苍
伊人在水一方

我爱秋风
轻缓不失温柔

我喜秋雨
淅沥润泽万物
更享秋阳
平添几丝温暖
秋实硕果
馋尽人间口福

风月浅吟
唱尽千古诗韵
霜浸露阶
拾级笛吹西楼
菊笑阡陌
煮茶慢品黄昏
候鸟南飞
与君推盏至天明

寒 露

深秋的寒气，让凝露在心里结了霜
我坐在月夜里苦苦等待一场大雪
在冰雪封山前，准备好了木炭、食材

南方的冬天始终来得漫不经心
枫叶、银杏，埋葬了火热的耐性
待山舞银蛇，早已萌动了春的华章

静坐窗前细听丝丝秋雨落下的声音
放下一切人事，任思绪飞扬
默默徜徉在诗意丰盈的春秋冬夏

乡 愁

丝丝秋雨
凭窗酒
惹一腔乡愁

愁如雾
漫过家乡山谷
萦绕游子心头

头枕青山
醉卧田园
哗啦啦河水洗尽铅华

欲捏一支神奇的画笔
还原我
梦中的村庄

风中有朵雨做的云

夜风吹凉了云中坠落的眼泪
云在释放积攒了多日的委屈

关于爱情，云只字不想再提
曾经的诺言，就让它随风而去吧

关于忠贞和背叛，风一直缄默
它不想因争执毁了过往的美好

让泪水埋葬掉猜忌和狭隘
当信任从黑夜醒来

复杂的人间，一切“云淡风轻”

青石巷

一夜夏雨
淅淅沥沥
淋湿了楼下的青石巷

薄暮冥冥
清风寂静
火红的油纸伞
装点了斑驳的青石巷

婀娜多姿
清丽倩影
雅致的旗袍
温暖了一段古老的时光

我爱油纸伞
我爱青石巷
我更爱这无言行走的
诗情画意

车厘子的乡愁

我出生在阿坝一个小山村
萝卜寨
这里常年有冰川峡谷
充沛的负氧离子和温暖阳光
滋养我茁壮成长

每逢仲夏时节
寨里崎岖的山坡上车水马龙
彩云飘飘
这是寨子一年丰收的季节
也是我盛装出嫁的日子

高原晶莹剔透的雨露啊
我怎舍得离别
质朴勤劳的乡亲啊
我含泪道别
希望还能在梦里
听到你呼唤我的乳名

飘舞的诗笺

风轻轻拂过脸庞
阵阵蝉鸣惊扰寂寥的夏夜
月巡苍穹
露划荷心
我醉意款款行走在归家的路上

我是独行远方的浪子
没有什么能够阻挡
我对自由的向往
曾经的天马行空
是我青春的经历

树影婆娑
月光凉
封尘已久的心绪
如头顶浮动的云海

曾经的风花雪月恩怨情仇
如巨石一样狠狠压在心底
总让尘世凡人难以释怀

不管岁月压过多厚的霜雪
我心永热于执着于你的温度
人间太多的情感不宜赤裸裸地呈现
我对你永恒的眷恋
一切都蕴藏于我随风飘舞的诗笺

留　灯

露已凝，夜深沉
有人已酣然入梦
还有人在冷雨夜赶路

男孩下意识抬起头远眺
黑洞的楼栋里一盏灯，明亮着
他泯然一笑，加快了脚步

他内心的这份小澎湃
只有漂泊的夜归人才能体会
也只有留灯人的心里能感应

一盏灯火，对于奔波的夜归人
是灯塔、港湾、希望、温暖
对于留灯人
是无言的牵挂、祈愿、深深的爱

为什么我的眼里常含泪水

那些年，总习惯时不时回一次家乡
因为那里有我的先祖、亲朋
有我风烛残年的老父亲

今年初，老父仙逝
在处理完父亲后事，离开家乡的前夜
我深深知道以后回乡的机会少了

时隔大半年，因事回乡
当我的车再一次停靠在熟悉的大门前
再也没有一双熟悉期盼的眼神等着我

一阵阵失落的愁绪如潮水般涌来
将我凝固在车座上，无语凝噎
人生，总在不断告别中走向孤寂

未来某一天，我也会落寞地离去
“为什么我的眼里常含泪水？
因为我对这土地爱得深沉……”

师恩如山，似海

站在岁月的深处
回望来路。除了父母
是谁？愿意无私倾囊相授
且不计回报
是谁？对你循循善诱，谆谆教诲
生怕你日后毫无意义去忏悔
是谁？把你当成自己的孩子
在你最迷茫时从未对你放弃
除了父母，唯有我们的恩师

人世沧桑，时光如水
唯有一串串熟悉的恩师的名字
深深印在我们的脑海里
无论我们身处何方
无论我们功成，还是平凡
勿忘师恩，就像绿叶对根的深情
今生镌刻在我们的血液里，骨髓里
教师节来临之际，在此
向天下所有的老师深情地道一声
谢谢您

我住在父亲的眼睛里

我一生都住在父亲的眼睛里
偶尔，父亲也住在我的眼睛里
交替轮换中
彼此心照不宣地宠溺着对方
那是年迈父亲与青壮儿子之间
无言深沉的情感

不知从何时起
我的目光里有了父亲目光的神韵
坚强而深邃，善良且和蔼
我知道，除了遗传因素
那是父亲传给我最珍贵的精神营养

突然有一天
父亲从我的视线里彻底走失了
在惊慌的泪光中
我潦草告别了幸福的“童年”

现在，时常在梦里见到你
您仍然亲切叫着，我的乳名

怀念我的母亲

二十四个春秋
足以让我忘掉很多人和事
唯独，永久不能忘怀的
是爱我更胜过爱自己的母亲

忘不掉你一针一线的千层底
忘不掉你一粥一饭的劳作背影
忘不掉你粗糙而温暖的掌心
忘不掉你宽容慈爱的微笑

没有你的日子里，倍感孤独
四季人间花开无色
时常夜半泪湿枕巾
梦里的相见那是我无尽的思念

在这祝福天下母亲的节日里
我必须端出你最喜欢的烈酒
只想陪你痛痛快快畅饮一场
我先干为敬，你请随意

一直所向往的，山的那边

穿过多少迷茫的春秋
翻过多少大小的山脉
我依然心甘情愿
奔走在这个并不完美的人间

时常被路边的小草嘲笑
也包括月亮、太阳
这些都不算什么事
倔强，早已渗透血液、骨髓

原以为，翻过这座大山
就是青草平原，或阳光海岸
大山背后，却是水做的雪山
雪山背后是冰封的大海

在大雪纷飞的夜晚
我黯然神伤
终于恍然发现
越过千山，还是故土最亲

故　乡

不是因为
那里山山水水有多秀美
民风民俗有多么纯朴
而是那里有你
挥之不去的太多记忆
和想念的人

故乡
是一种情怀
是梦升起的地方
是游子心头做不完的梦
是灵魂安放的宁静港湾

倒上两大碗浓烈的土酒
一碗敬自己，一碗敬故乡

与你沉醉在春天

依然，对坐在那棵桃花树下
新酿的桃花酒并不甘洌

揭封，那年秋天你离开时
我亲手窖藏的桂花酒

梦里数着星星，你归来
当然要喝最香最浓的酒

怕独醉，忘酒多年
今夜，却想一醉方休

无须酝酿情绪
无须吟唱浓情的诗篇

只想，打开心情
一壶老酒，与你对饮

不是每朵桃花都那么走运
——祭奠父亲

都知道
梅花香自苦寒来
谁见过
被冻死在春天的桃树
这个事不用去取证
因为有一朵桃花已偷偷地
告诉了我真相

每一朵桃花的盛开
每一粒种子的萌芽
每一枝枯木的逢春
每一个生命的绽放
都会历经很多不为人知的苦难
只是我们经常会
习惯性忽略

我的老父亲
就是我心中的一棵桃树
冬去春来八十五载

近年每个冬末春初
我都会为他加油鼓劲
因为桃花又将盛情绽放

然而今年春天是个例外
这棵桃树再没开出花苞
我一直没弄明白
已熬过严冬的桃树
会“冻死”在春天

这是多么痛彻心扉的领悟

走出夜的漆黑

是以什么样的心情
在陪伴这七天
我不能详尽生动地描述
夜的漆黑

我，并没有
别人想象中的悲哀
也没有
别人想象中的愉悦
我以特殊的心境
去告慰父老乡亲

请不要太看重我的表情
有一种哭就是笑
有一种笑就是哭
还有一种，是哭笑不得

家乡的距离

少年时
家乡的距离
是一张汽车票
一天车程的距离

青年时
家乡的距离
是一张动车票
两小时车程的距离

中年时
家乡的距离
是我与家乡山头上
两座墓碑的距离

其实
家乡的距离
是变与不变之间的距离
我在变老，家乡依然年轻

故乡的清晨

黎明里孕育了多少新鲜生命
生命里又孕育着多少希望和黎明

我心中的每一个清晨
都是崭新的
是桃花花瓣打开的那一瞬惊艳
是荷叶怀里滚动的那一串晶莹
是秋思里蒹葭上的那抹薄霜
是停靠在睫毛上的那一朵雪绒花
但是，绝大多数我都早已忘记

为何？流浪的我
时常从黎明的梦中惊醒
梦里画面总是定格在故乡的清晨
炊烟袅袅、鸡犬相闻
母亲正在催我们起床吃饭上学

我离开故乡已很多年了
母亲离开我们也很多年了
两行热泪，滑落眼角

女儿的父亲节礼物——英雄牌钢笔

一方烫金的精致小礼盒里
站着一位精神抖擞的“英雄”

像一位武功盖世的江湖侠客
身披一袭典雅的黑色战袍
佩一柄金色长剑
沉默中透着几分刺破苍穹的寒光

从其英气逼人的眉宇间窥视
他绝非一介莽夫，应该是
书香名门之后，腹藏诗书万千

盼有朝一日，骑上汗血宝马
如满弓之箭，驰骋疆场
待文思发芽，静坐庙堂之上
如千古圣贤，口吐莲花

父亲的眼神

我近些年的乡愁
一大半来自对老家父亲的牵念
我从来不去高谈阔论孝道文化
只想用微笑去点亮他眼中的光

耄耋老人的需求其实很简单
粗茶淡饭，简洁布衣
他们最期盼的礼物就是子女的陪伴

近些年，父亲好像变成了我的“孩子”
每次回去看望他，他都高兴得像个孩子
每次离别时，从他依恋的眼神里
看到了他平日里的孤单

写给姐姐的诗

母亲早年就离开了我们
在把父亲背上山的那个深夜
我坐在阳台上独酌

姐姐过来给我披了一件外套
然后深情地对我说：
“弟弟，父母虽然都走了
但，还有我在呢！若想家了
你就随时回来吧！”
让我瞬间泪奔

嗯。姐姐在，家还在
姐姐啊！你的一句话
仿佛是春天里的一束阳光
照亮了我已冰冻的心房

念母恩

母爱
是世间最无私，最深沉的爱
没有“之一”
慈祥，温暖，善良
一生勤俭
用无言的双手，感动着
指引着，熏陶着满堂儿孙
让我们一生愧疚，无以回报

依偎在你怀里
幸福，安暖
我们不用四处去漂泊流浪
你，就是我们心里
最坚实的港湾